KB201639

금요일에 우리는

*일러두기
본문에 나오는 각주는 모두 옮긴이가 달았습니다.

우리문고 32
금요일에 우리는 2025년 4월 10일 처음 펴냄 | 지은이 하마노 쿄코 | 옮긴이 이소담 | 펴낸이 신명철 | 편집 윤정현 | 영업 박철환 | 관리 이춘보 | 펴낸곳 (주)우리교육 | 등록 제 2024-000103호 | 주소 10403 경기도 고양시 일산동구 정발산로 24 | 전화 02-3142-6770 | 전송 02-6488-9615 | 홈페이지 www.urikyoyuk.modoo.at

ISBN 979-11-92665-79-5 43830

금요일에 우리는

하마노 쿄코 지음
이소담 옮김

우리교육

멈춰! 지구온난화!
기후변화가 얼마나 진행되었을까요?
40% 60% 80% 100%
기후시계를 아시나요?
앞으로 남은 시간 '6' 년
CLIMATE CRISIS
우리의 미래를 위해, 1.5℃의 약속
'지금' 아끼는 에너지
미래의 우리의 행복
SAVE THE EARTH!

차례

주요 등장인물

미쓰우치 히나타

무슨 일이든지 목표를 한번 정하면 맹렬한 기세로 돌진하는 스타일. 입시 실패라는 첫 좌절의 충격과 함께 지원했던 사촌만 붙고 자긴 떨어졌다는 수치심 혹은 질투 때문에 제2지망이었던 학교에 좀처럼 적응하지 못하고 겉돌기만 한다고 스스로 생각했다. 하지만 환경 문제 관련 공부를 하고 운동에도 함께 참여하면서 자신이 그토록 갈팡질팡했던 원인을 깨닫기 시작한다.

미즈사와 료마

사쿠라기학원 2학년 환경 문제 연구회 멤버. 어릴 때 외국에서 살다가 귀국해서 그런지 다른 사람들과 대화할 때 거만한 말투라는 지적을 많이 받지만 신경 쓰지 않는다. 환경 문제와 관련해서 히나타에게 유난히 깐깐하게 굴면서도, 아야 이야기를 할 때만큼은 표정이 부드러워져서 히나타가 가슴앓이를 하게 한다.

가자미 아야

료마와 같은 학교 2학년. 친환경 습관을 실천하고, 다른 사람도 동참시키는 일에 적극적이다. 학교에서 플라스틱 빨대 사용 금지에 큰 역할을 하고, 전철역 앞에서 온난화 1인 시위를 시작했다. 환경 문제 연구회 동아리도 아야의 활동을 시작으로 만들어졌다. 히나타의 눈에는 환경 운동의 선구자지만, 본인은 자기 부모도 설득 못 하는 무기력한 학생이라는 점에 괴로워한다.

나구모 시즈호

히나타가 다니는 마쓰카와고등학교 1학년 같은 반 짝꿍. 히나타가 유일하게 마음을 살짝 열고 함께 점심 도시락을 먹는 친구. 자기 도시락은 스스로 싸 오고, 금요일엔 어린이 식당에서 자원봉사를 하는 등 어리지만 현재 자기 자리에서 세상을 바꿀 수 있는 방법을 실천하고 있다.

쓰치야 엘레나

히나타, 시즈호의 베프. 브라질에서 역이민 왔다. 부모 모두 일본계라서 외모는 다른 친구들과 똑같다. 말투가 거침없어서 때때로 오해를 사기도 하지만 뒤끝 없는 성격이다. 아르바이트하느라 히나타가 제안하는 시위에 좀처럼 함께하지 못한다. 엘레나의 이런 상황은 비교적 유복한 집안의 히나타가 다른 친구들의 형편에 관심을 가지는 계기가 된다.

히카와 모모네

엄마와 쌍둥이인 이모의 딸로 히나타와 동갑내기다. 히나타가 하는 건 뭐든지 덩달아 따라 하지만 실력은 항상 한 수 아래. 사쿠라기학원도 히나타를 따라 지원했지만 모모네만 합격해서 히나타의 좌절감을 증폭했다. 애교가 많고 히나타한테는 솔직하게 마음을 터놓는 투명한 성격이라 미워하려야 미워할 수 없다.

환경 운동이 악몽을 깨웠다

역으로 가던 도중에 문득 걸음이 멈췄다. 나와 비슷한 또래로 보이는 남녀가 두 명씩 뭔가 글이 적힌 골판지를 들고 서 있었다.

그곳은 C역 개찰구와 주변 빌딩을 고가로 연결하는 위치, 보행자용 통로와 광장이 만나는 지점으로 광고용 휴지를 나눠 주는 사람이나 길거리 선전하는 사람, 때때로 라이브 연주하는 사람이 길거리 공연을 하는 곳이다.

멈춰! 온난화

SAVE THE EARTH!

Climate Justice! 우리 미래를 위해

기후 시계를 아시나요?
남은 시간은 앞으로 6년!

기후? 시계? 저게 뭐지?

나는 뭔가에 홀린 듯이 다가갔다. 골판지를 들고 선 남자가 보였다. 위에는 와이셔츠, 아래는 아마도 교복일 회색 바지를 입었다. 바지가 새것처럼 반들거리지 않으니까 아마 고등학교 2학년이나 3학년 정도 됐겠지. 그래서 일단은 존댓말로 말을 걸었다.

“기후 시계가 뭐예요?”

“기후 변화나 기후 위기, 들어 본 적 없어?”

“어어, 뉴스에서 본 것 같기도. 온난화, 그거죠?”

“뭐, 그렇긴 한데.”

그 사람은 기후 시계가 무엇인지 설명했다.

“클라이메이트 클락, 즉 기후 시계. 기후 변화까지 남은 시간을 알려 주는 시계야. 산업 혁명 때와의 차이를 따져 지구 기온이 1.5도 상승하는 때가 돌이킬 수 없게 되는 지점이지.”

무슨 소리인지 잘 모르겠다.

“돌이킬 수 없다니요?”

“기온 상승을 1.5도까지로 억제하는 것이 전 세계가 세운 중대 목표인데, 그걸 일시적으로라도 넘으면 기후 변화로 인한 피해가 훨씬 심각해져. 온도 상승을 억제하기 위해 우리가 배출해도 되는 이산화탄소량이 정해져 있어. 그걸 탄소 예산이라고 하는데, 지금 상태로는 앞으로 6년 남짓밖에 안 남았어. 그때까지 남은 시간을 보여 주는 것이 기후 시계지. 그러니까 기온 상승을 막기 위해 우리에게 남은 시간을 카운트다운하는 디지털시계인 거야."

친절하게 설명해 주었지만 여전히 감이 잘 안 왔다. 머리에 남은 것은 카운트다운이라는 단어로, 그건 새해맞이 이벤트 때 하는 거…… 아니, 이벤트처럼 즐거운 것은 아니겠지.

"고등학생과 대학생 그룹이 크라우드펀딩으로 돈을 모아 시부야에 기후 시계를 설치했어. 어른들은 별로 진지하게 생각하지 않는데, 우리 미래가 걸렸고 정말로 시간이 얼마 남지 않았어. 기후 시계는 인터넷으로도 확인할 수 있으니까 꼭 검색해 봐."

내용은 심각한 것 같은데 산뜻한 말투로 웃으며 말해서 무심코 고개를 끄덕였다. 사실은 별로 흥미 없지만.

"우리는 여기에서 두 번째랑 네 번째 금요일에 스탠딩 시위를 하니까 괜찮다면 너도 오지 않을래?"

"미즈사와, 여자애한테만 말 걸지 마."

다른 남자가 웃으며 말했다.

"저기, 모두 고등학생이죠?"

"맞아. 사쿠라기학원 환경 문제 연구회야."

미즈사와라고 불린 남자가 전단 하나를 내게 건넸다.

"사쿠라기학원이요?"

나는 한 걸음 뒤로 물러났다. 기분도 순식간에 가라앉았다.

"마음이 내키면요."

나는 어색하게 웃고 그 자리에서 멀어졌다.

사쿠라기학원이라니, 나를 거부한 고등학교잖아…….

5월 중순 어느 화창한 날, 그러나 5월치고는 기온이 높아 전국 각지가 한여름과 같았던 금요일 저녁이었다.

1.
괜찮은 척했다

'더 늦기 전에.'

나는 받은 전단을 바라보며 한숨을 쉬었다.

내 눈은 자꾸만 거기 적힌 설명이 아니라 사쿠라기학원 환경 문제 연구회라는 글자로 끌려간다. 정확히는 사쿠라기학원이라는 고등학교 이름에.

으음, 하고 신음하며 중얼거렸다.

"내가 가야 하는 곳이었는데."

그때 현관문이 열리는 소리가 나서 허둥지둥 전단을 접어 주머니에 쑤셔 넣었다. 엄마가 왔나 보다.

"히나타, 집에 왔니?"

"아, 응."

"아까 모모네랑 우연히 만났는데 너희 요즘 계속 안 만났다며? 모모네가 걱정하더라."

"뭐 때문에?"

말투가 뾰족해졌다. 걱정이라니 대체 뭔데. 하여간 우리 엄마지만 너무 무신경하다 싶었으나, 얼굴로 드러내지 않으려고 표정 근육을 천천히 움직여 헤실헤실 웃었다. 동정받을 만큼 망하지 않았다고 속으로 외치면서. 그렇지만 역시 이럴 때면 아직은 회복하지 못했다는 것을 좋든 싫든 깨닫는다.

방에 들어가 벽에 붙어 있는 사진을 봤다. 비슷하게 닮은 두 명의 여자애는 초등학교 6학년인 나와 모모네다. 걱정이라곤 하나 없이 웃는 얼굴. 보기 싫지만 뗄 수는 없다. 모모네는 아무 죄도 없고, 부모님이 나를 걱정하는 것도, 괜히 신경 쓰게 하는 것도 싫다.

히카와 모모네. 나, 미쓰우치 히나타의 동갑내기 사촌. 이때는 참 많이 닮았다. 지금도 둘이 같이 있으면 사람들이 자매로 여긴다. 우리는 사촌이지만, 사실 혈연관계가 좀 더 가깝다. 왜냐하면 우리 엄마와 모모네의 엄마가 일란성 쌍둥이라서 그렇다.

모모네의 집은 이웃 동네인데, 자전거로 가면 20분도 안 걸린다. 그래서 올봄까지 우리는 다니는 중학교는 달라도 자주 서로 집을 오가며 놀았다.

자매라는 오해를 받을 때, 언니로 여겨지는 건 언제나 나였다. 모모네는 동갑이지만 반년 넘게 나중에 태어났고, 자기 엄마 성격을 물려받아 여동생 같은 성향을 타고났다. 일란성 쌍둥이인 우리 엄마랑 이모는 얼굴은 똑같아도 성격은 달라서, 우리 엄마는 야무지고 모모네의 엄마는 덜렁거린다. 모모네는 덜렁거리는 것까지는 아니고 얌전한 쪽인데, 어려서는 내가 하는 일이라면 뭐든지 따라 했다.

내가 산 인형을 똑같이 샀고, 내가 머리를 기르면 모모네도 길렀다. 중학교에 입학해서 내가 탁구부에 들어가겠다고 하자 모모네도 탁구부에 들어갔다. 학교는 달라도 지구는 같아서 경기에서 만나기도 했다. 모모네와 두 번 대결해서 두 번 다 내가 이겼다.

중3이 되어 나와 모모네는 같은 학원에 다녔다. 수준에 따라 반이 달랐는데 내가 상위 반이었다. 내가 고등학교 제1지망을 사립 사쿠라기학원으로 정하자, 모모네도 거길 노렸다. 모의시험을 보면 언제든 합격 확률이 80퍼센트 이상으로 내가 항상 위였다.

그러나 합격 통지를 받은 건 모모네이고 나는 떨어졌다.

뭘 잘못했을까, 거듭해서 생각했다. 내가 떨어질 리 없는데. 괜찮게 시험을 치렀다고 생각했는데. 친구들이 "몸이 어디 아팠어?" 라면서 고개를 갸웃거렸다. 그렇게 변명할 수 있다면 얼마나 좋았을까.

나는 제2지망인 현립 마쓰카와고등학교에 입학했다. 사쿠라기학원과는 전철역으로 두 개 떨어진 고등학교다. 그래서 두 고등학교의 학생들은 전철에서 자주 마주친다. 사쿠라기학원의 교복을 볼 때마다 마음이 따끔따끔 아팠다. 중학생 때, “지금 자신이 머문 자리에서 꽃을 피워라.”라는 말을 어떤 선생님이 가르쳐 주었다. 그 말도 그 선생님도 너무 싫다.

모모네는 결과를 알고 그저 허둥거리며 “어쩌지, 어쩌면 좋아? 어떡해.”라는 소리만 반복했다. “히나랑 같이 고등학교에 다니는 거 기대했는데.”라는 말도. 당연히 붙을 자신이 있었냐고 쏘아붙일 여유는 없었다.

겉으로는 아무렇지 않은 척했다. 분하다는 소리를 할 순 없고, 속상해하는 얼굴을 보이기도 싫으니까.

어디에서 배우느냐가 아니라 무엇을 배우는가가 중요하다고, 중학교 때 담임 선생님이 말했다. “지금 자신이 머문 자리에서…….” 정도로 싫은 말은 아니지만, 위로가 되지 않았다. 패배감만 느꼈다. 그래도 웃으며 대답했다.

“그렇죠. 아마 이번 일로 앞으로 내 운이 좋아질지도요. 지금이 바닥이니까.”

진학할 고등학교가 정해진 이후 졸업식 날까지 최대한 평정심을 유지했다. 역시 공립이 여러모로 부모님 부담이 적을 거라는 변명도 생각했었다. 그래도 그런 소리를 하면 괜히 더 비참해질 것 같아 말하지 않았다. 담담히 받아들인 얼굴을 했다. 분했으니까. 그러니까 분하지 않은 척했다.

마쓰카와고등학교는 대학 진학률이 뛰어난 명문은 아니지만 그럭저럭 괜찮은 학교로, 같은 중학교에서 열다섯 명쯤이 진학했다. 여기가 제1지망이었던 학생이 대부분이어서 나를 보면 '어라?' 하는 표정을 지었다. 그 눈이 '미쓰우치 히나타가 왜 우리 학교에 있지?'라고 말하고 있었다. 그러다가 어색한 미소를 짓고서 시선을 피했다.

그나마 다행인 것은 같은 중학교 출신 중에 같은 반이 된 학생은 남자 한 명이었다. 그것도 중학생 때 거의 접점이 없던 남자애였다.

사쿠라기학원을 굉장히 동경했던 것도 아니다. 그냥 거기에 가겠다고 정한 시점부터 당연히 내가 있어야 하는 곳이라고 여겼다. 그걸 빼앗겼다.

입술을 깨무는데 왠지 사자성어가 생각났다. 와신상담, 권토중래. 3년간 나는 어떻게 지내야 할까. 마쓰카와고등학교에 내가 마음 편하게 있을 자리가 생길까. 아니다, 내 자리 같은 건 만들기도 싫다.

새로운 친구는 사귀지 못했다. 자리가 가까워서 말을 나누게 된 나구모 시즈호는 얌전해 보였다. 그래도 친구라고 할 정도로 가깝지는 않다. 마쓰카와고등학교가 제1지망이었던 것 같으니까 나와 마음이 잘 안 맞을지도 모른다. 시즈호는 입학식 다음 날부터 당장 들키지 않을 정도로 화장하고 왔다. 마쓰카와고등학교의 장점은 교칙이 그다지 엄격하지 않은 것이다. 단순히 엄격하지 않을 뿐이어서 자유, 활발, 자주, 독립을 추구하는 사쿠라기학원과는 다르다. 게다가 사쿠라기학원에서는 희망하면 2학년 여름방학에 단기 유학을 갈 수 있다. 외국에서 생활하는 건 어려서부터 내 꿈이었다. 그 꿈도 사라졌다.

의기소침한 기분에서 탈출하지 못해 동아리에도 들지 않은 채, 대충대충 시간이 흘렀다.

이렇게 될 리가 없었는데.

열다섯 살에 겪게 된 좌절. 그 감정을 질질 끌며 살아온 한 달 남짓이다. 나는 아직 새로운 환경에 적응하지 못했다. 솔직히 말해 무기력하다. 결석하지 않고 학교에는 가지만, 타성으로 다리만 움직이는 상태였다. 가고 싶지 않았던 고등학교에 아무런 매력도 느끼지 못했다. 공부는 그럭저럭한다. 그것만이 최소한의 자존심과 의지였다.

2.
속상하지만 궁금했다

엄마와 둘이 점심을 먹고 내 방에 가서 침대에 벌러덩 누웠다. 창문으로 들어온 바람이 레이스 커튼을 흔들었다. 바스락, 뭔가가 희미하게 소리를 내며 바닥에 떨어졌다. 느릿느릿 상반신을 일으켜 떨어진 것을 주웠다. 그저께 받은 전단이었다. 내 시선이 끌려가는 곳은 역시 주장을 내세우는 큼직큼직한 글자가 아니라 사쿠라기 학원이라는 작은 글자다.

나도 모르게 어깨를 들썩여 숨을 쉬는데, 스마트폰이 진동했다. 모모네라는 이름이 표시되었다. 무시하고 싶었지만, 땅 파는 것처럼 보이면 싫으니까 전화를 받았다.

"무슨 일이야? 전화를 다 하고. 웬일이래."

일부러 밝은 척 목소리를 꾸몄다.

"아, 응. 히나가 어떻게 지내나 하고. 저번에 이모랑 만났거든. 나 지금 너희 집에 가도 돼? 하고 싶은 말도 있어서."

"물론, 괜찮지."

한마디 한마디 끊어가며 명료하고 확실하게 대답했다.

"그럼 자전거 타고 갈게."

모모네가 발랄하게 말했다.

계속 피할 수도 없는 노릇이다. 사촌이고, 소꿉친구이면서 절친이고, 서로 마음을 터놓을 수 있는 사이인 데다 미워할 수 있는 상대가 아니니까.

모모네는 정확히 20분 후에 도착해서 가볍게 내 방문을 노크하고, 대답도 기다리지 않고 열고 들어왔다.

"오랜만이야! 잘 지냈어?"

"뭐, 그럭저럭?"

내 미소는 조금 딱딱했다. 모모네는 알아차리지 못한 것 같다. 모모네는 유난히 기분 좋아 보였다.

"모모네, 무슨 일 있었어?"

"무슨 일이라니?"

"목소리 톤이 평소보다 높은데……."

내 기분이 저조해서 상대적으로 모모네의 톤이 높게 들린다고 의심할 여지도 있어 딱 꼽기는 조심스러웠다. 그래도 내 예상이 맞았는지, 모모네가 약간 들뜬 목소리로 말했다.

"역시 히나야. 나를 제일 잘 안다니까."

아무래도 하고 싶은 말이 있나 보다. 그러나 모모네는 바로 입을 열지 않고 힐끔 문을 봤다. 곧 문을 두드리는 소리가 났다.

"히나타, 차 가지고 왔으니까 문 좀 열어 줄래?"

엄마다. 문을 연 것은 모모네였다.

"이모, 고맙습니다."

홍차와 쿠키를 얹은 쟁반을 받은 모모네가 엄마에게 방긋 웃어 보이며 은근슬쩍 앞을 막았다. 엄마는 방을 들여다보려고 고개를 쭉 뺐지만, 안으로 발을 들이지 못하고 돌아갔다.

"역시 쌍둥이야. 금방 냄새를 맡는 면이 우리 엄마랑 똑같아."

그건 아닐걸, 하고 생각했으나 굳이 말하지 않았다. 우리 엄마는 방임하는 편이라 딱히 염탐하러 온 것은 아닐 것이다. 그래도 모모네는 우리 엄마를 거쳐 자기 엄마에게 말이 퍼지는 걸 경계했다. 그렇다면 부모님에게 알리기 싫은 이야기인가?

"남자라도 생겼어?"

그러자 모모네의 뺨이 살짝 발그스름해졌다. 어? 정곡인가?

"진짜, 히나 너도 참."

그러더니 모모네가 갑자기 다른 걸 물었다.

"이모부는?"

"사진."

내세울 거라곤 건강뿐인 아빠는 쉬는 날 자전거를 타고 새나 꽃 사진을 찍으러 간다. 엄마는 아빠가 밖에 나가 주니까 고맙다고 생각하는 것 같다. 게다가 사진을 찍는 취미는 카메라에 과하게 집착하지 않는 이상 집안 경제를 그다지 압박하지 않는 점도 좋다나 보다.

“그렇구나. 이모부, 멋지지. 자전거를 타고 다니니까 몸도 늘씬하고. 이모부랑 비교하면 우리 아빠는 복부가 출렁거린다니까.”

“뭐, 손이 안 가는 타입이긴 해.”

“조금 닮았는지도.”

“누가?”

“이모부.”

“누구랑?”

“……간지.”

“간지? 멋있다는 거야?”

“아니, 간지는 이름이야.”

“남자 친구 이름?”

모모네의 뺨이 조금 전보다 더욱 붉어졌다.

“2학년이야. 입학식 날부터 내가 마음에 들었대.”

즉, 나를 걱정해서 찾아온 것이 아니라 충실하고 행복한 삶을 자랑하고 싶었다는 건가. 무심코 혀를 찼는데, 모모네는 알아차리지 못했나 보다.

모모네가 이렇게 남자 이야기를 하려고 자전거를 타고 온 것이 처음은 아니다. 제일 처음은 중학교 1학년 때. 그다음은 막 3학년이 됐을 때였다. 평범한 사촌보다 가까운 관계인 모모네지만, 생김새는 그렇다 쳐도 성격은 전혀 다르다. 남자에게 인기 있는 쪽은 여동생처럼 애교 있는 모모네 쪽이었다. 그래도 중학생 시절에는 사귀는 단계까지 가지는 않았다.

남자 친구의 이름은 기리시마 간지라고 한다. 사쿠라기학원 2학년. 키 172센티미터. 스마트폰 사진을 보여 주며 말하는 모모네를 보며 이번에는 지금까지와 다른 것 같다고 생각했다. 그럭저럭 잘생겼다. 마르고 턱이 뾰족한 점이 확실히 우리 아빠와 조금 닮았다.

"그래서? 모모도 이 사람이 좋아졌어?"

모모네는 두 손으로 뺨을 감싸고 조금 촉촉해진 눈으로 나를 지긋이 응시했다.

"매일 연락을 해 줘."

"흐응."

"그것도 몇 번이나. 다정하기도 하고, 마음을 잘 써 줘."

그다음부터는 한 귀로 흘려들었다. 이윽고 속이 시원할 때까지 말해서 만족했는지, 모모네가 드디어 내 근황을 물었다. 조금 조심스럽게. 입시 결과를 신경 쓰는 건지, 아니면 일방적으로 연애 이야기를 늘어놓아서 조금은 양심의 가책을 느꼈을지도 모른다.

"별로 특별한 일은 없는데. 맞다, 요전에 이런 걸 받았어."

나는 전단을 건넸다.

"온난화? 기후 시계? 어? 사쿠라기학원 환경 문제 연구회라니 우리 학교잖아."

'우리 학교'라는 말에 가슴이 따끔따끔 아팠다. 그래도 절대로 그런 티를 내긴 싫었다.

"응. C역 앞 광장에서 나눠 줬어. 남녀 두 명씩 있었어."

"……그렇구나. 연락처…… 가자미 아야, 미즈사와 료마라면 아마 둘 다 2학년일 거야. 이름을 들어 본 적 있는 것 같아."

"이런 동아리, 우리 학교에는 없어."

"보통은 흔하지 않지. 앗, 혹시 히나, 이거 나눠 준 사람이 마음에 들었어?"

왜 그런 쪽으로 머리가 돌아가는지 황당했다.

"설마."

나는 재빨리 부정하고 말을 보탰다.

"너도 마음에 걸리지 않아? 온난화라든가."

"으음."

모모네는 고개를 갸웃거렸다.

"제대로 생각해야 한다고 봐."

내 입으로 말하면서 마음에도 없는 소리를 잘도 한다고 스스로 비난했다. 나 역시 제대로 생각한 적이 없었으니까.

"히나, 흥미 있으면 다른 사람한테 물어볼게. 어떤 동아리인지."

"아니야, 굳이 그럴 것까진."

왜냐하면 사실 별로 흥미가 없으니까. 설령 흥미가 있어도 내가 들어갈 수도 없는 동아리다.

모모네가 집에 가고 나서 나는 스마트폰으로 '기후 변화'를 검색했다. 공부할 기분도 아니고 따로 할 일도 없었다. 또 내 입으로 모모네에게 말한 직후이기도 하니까. 나도 거의 매년, 일본 각지에서 백 년에 한 번 올 법한 호우라는 식의 뉴스가 나오는 걸 알고 있다. 작년 여름에도 너무 더워서 여름방학 내내 땀을 뻘뻘 흘리며 학원에 다녔다. 그런데도 떨어졌지. 쓸데없는 쪽으로 생각이 기울어 고개를 가로저었다.

나는 마트에서 비닐봉지를 받지 않으려고 하고 분리수거도 나름대로 신경 쓴다. 초등학생 때 지구 온난화에 대해서 배웠으니까. 그러나 온난화가 왜 문제가 되는지 제대로 이해하지는 못했다.

스마트폰으로 검색해 기후 변화에는 자연환경에 의한 것과 인간 활동으로 일어나는 것이 있는데 19세기 이후로는 주로 인간 활동, 화석 연료 연소로 인한 온실 효과 가스의 발생으로 인해 기온이 상승한다는 것을 알았다. 애매모호했던 단어의 의미를 조금이나마 알 것 같았다. 게다가 지금은 기후 변화를 넘어 기후 위기라는 단어도 자주 사용된다고 한다. 온난화나 변화라고 하면 아직 여유 있어 보이는데, 위기라고 하니까 단순한 일이 아닌 것 같다.

가까운 미래에 우리 생활이 그렇게까지 위험해지나? 설마, 하고 고개를 저었다. 이때만 해도 나는 아직 아무것도 몰랐다.

며칠 후, 모모네가 라인 메시지를 보냈다.

환경 문제 연구회, 정식 동아리는 아니래.

그래?

간지한테 들었어.
2학년 몇 명이 만든 모임인데
다들 똑똑하다나 봐.
이른바 의식이 높은, 깨어 있는 시민들.

듣고 보니 다들 능력 있고 똑똑한 사람들처럼 보였다고 생각하는데, 메시지가 금방 또 왔다.

가자미 아야는 간지랑 작년에 같은 반이었대.
뭐든 잘하고 머리도 워낙 좋아서 반에서 튀었대.
그리고 미즈사와 료마는
지금 간지랑 같은 반인데 이중언어 구사자래.

이중언어? 진짜?

응, 간지가 그러더라.
환경 문제 연구회 구성원은 나 같은 건
상대도 안 할 거라고.

말이 너무 심한 거 아니야?

나도 그렇게 생각하는걸.
고등학교도 아슬아슬하게 합격했으니까.

내심 '그래도 너는 붙었으면서.'라고 생각하며 살짝 입술을 깨물었다. 나는 적당한 이모티콘을 보내 대화를 마무리했다.

그나저나 원하는 고등학교에 들어가자마자 남자 친구가 생기다니……. 나와 달라도 너무 다르다. 이쪽은 같은 반에 괜찮은 남자 같은 거, 한 명도 떠오르지 않는데. 아니, 대부분 이름도 모른다.

날이 화창하게 맑아 시즈호랑 운동장 벤치에서 도시락을 먹기로 했다. 벤치 왼쪽에 내가 앉으려는데 시즈호가 말했다.

"아, 미안한데 나 그쪽에 앉고 싶어."

뭐지? 아무래도 상관없으니까 나는 오른쪽으로 이동했다. 나란히 앉아 도시락 뚜껑을 열었다. 내 도시락은 달걀샌드위치에 샐러드. 시즈호는 밥을 싸 왔다. 방울토마토와 브로콜리, 달걀도 있어서 색이 예쁘다.

"시즈호, 도시락은 어머니가 싸 주시니?"

"아니, 내가 만들어. 남은 반찬을 넣을 때가 많지만. 너는?"

그랬구나, 하고 살짝 감탄하며 시즈호를 봤다. 나는 엄마에게 싸달라고 할 때가 많다. 그래도 조금은 잘난 척을 하고 싶었다.

"그때그때 달라. 오늘은 엄마가 하는 김에 만들어 줬어. 엄마도 도시락을 가지고 가니까. 우리 엄마도 일하거든."

"그야 많이들 그렇지."

시즈호가 아무렇지 않게 말했다. 그런가? 중학생 때 친구들의 어머니는 전업주부가 꽤 많았다. 모모네의 엄마, 우리 이모도 일주일에 한 번 꽃꽂이 학원 일을 도울 뿐이어서 우리 엄마 말로는 "그런 건 일하는 축에도 못 끼지."라고 한다.

"시즈호네 어머니는 무슨 일을 하셔?"

"평범한 회사원이야. 작은 회사라 월급이 쥐꼬리라고 투덜거려. 너희 어머니는?"

"대학 도서관 직원. 하루 종일 일하는데 비정규라 월급이 쥐꼬리라고 투덜거려."

같은 말을 쓰고 히죽 웃었다. 시즈호도 히죽 웃었다.

나는 동아리에 들지 않았는데, 시즈호는 약소한 팀이라 편해서 들었다며 주 3회 배드민턴부에서 활동한다. 오늘은 동아리 활동이 없는 날이어서 처음으로 방과 후에 둘이 같이 놀았다. 그래봤자 패밀리 레스토랑에서 파르페를 먹으며 수다를 떨었을 뿐이지만.

조금씩 거리를 좁히듯이 서로 상황을 말했지만, 아직은 탐색하는 분위기에서 빠져나오지 못했다. 서로 가족 구성이 어떤지 말하고 좋아하는 가수를 자랑했다. 화려하진 않아도 매일 화장을 빠트리지 않는 시즈호는 패션에 관심이 많았는데, 그 점은 나와 달랐다. 그래도 시즈호는 의젓하고, “히나타, 영어 발음이 되게 좋더라.” 라고 칭찬해서 기분이 나쁘진 않았다.

입학하고 한 달 남짓. 어쩌다 보니 같이 어울리게 된 시즈호인데 생각보다 과하게 배려하지 않아도 되어 편했다. 무엇보다 고립되지 않아서 마음이 놓였다. 다니고 싶은 고등학교가 아니어도 혼자 고고하게 굴 정도로 정신력이 강하진 않다.

“동갑인 사촌이 사쿠라기학원에 다녀.”

“오? 대단하다, 머리가 좋구나.”

머리는 내가 더 좋을걸, 이라고는 말할 수 없다.

“그 정도는 아닌데.”

나는 어색하게 웃고 다른 이야기를 꺼냈다.

“사쿠라기학원에 환경 문제 연구회라는 동아리가 있어.”

“뭔가 어려울 것 같다.”

“기후 변화 같은 걸 공부하나 봐.”

“그거 지구 온난화 문제?”

“음, 그럴걸. 그래서 두 번째랑 네 번째 금요일에 C역 앞 광장에서 스탠딩 시위를 한대.”

“사촌이 하는 거야?”

“그건 아니고 우연히 알았어.”

“히나타, 그런 쪽에 흥미 있어?”

“흥미까지는 아니고, 고등학생이 그런 걸 하는구나 싶어서.”

“나, 금요일에는 볼일이 있어.”

“동아리 활동 없는 날이잖아? 학원에 가?”

“그건 아닌데, 그냥 조금…….”

시즈호가 말끝을 흐려서 더는 묻지 못했다.

3.

화가 나서 조사했다

나는 C역에 갔다. 역 앞 빌딩 카페에서 모모네와 만나기로 했다. 어젯밤, 모모네가 라인 메시지를 보냈다.

히나네 학교, 우리랑 수학 교과서 같지?
나 도저히 못 쫓아갈 것 같으니까 도와주라.

모모네가 중학교 때부터 수학을 어려워했던 걸 생각하며 '흥, 어쩔 수 없지.' 하고 조금 무시하는 심리로 '오케이'라는 의미의 이모티콘을 보내자, 바로 만날 시간과 장소가 정해졌다.

만나기로 한 가게는 창문이 커서 분위기가 밝은 카페였다. 눈이 편안한 하얀 벽, 바닥은 나무이고 탁자와 의자도 목제였다. 모모네가 아직 오지 않아서 나는 입구가 보이는 자리에 앉았다.

점원이 주문한 크랜베리 소다를 가지고 왔을 때, 문이 열리고 모모네가 들어왔다. 신호를 보내려고 치켜든 손이 굳었다.

모모네 혼자가 아니었다. 남자 친구일까? 아니, 당연히 남자 친구겠지. 저 사람, 모모네의 어깨에 팔을 두르고 있으니까. 이름은…… 기억이 안 난다. 수학을 가르쳐 달라는 것은 구실이고 남자 친구를 자랑하려는 것이 목적이었나 싶어 순식간에 기분이 가라앉았다. 모모네는 내 기분 따위 꿈에도 모르고 웃으며 다가왔다. 내 맞은편에 앉았고 그 옆에 남자 친구가 앉았다.

"뭐야, 진짜 사촌이었네."

남자 친구가 말했다.

"내가 그렇다고 말했잖아. 미쓰우치 히나타라고 해. 히나, 이쪽은 기리시마 간지."

그래, 그런 이름이었다. 불쾌한 티가 나지 않게, 그렇다고 붙임성 있게 웃기도 싫어서 표정을 지운 채 가볍게 고개를 숙였다. 사진으로 봤을 때는 그럭저럭 미남이라고 생각했는데, 가까이에서 보니 인상이 약간 달랐다. 미남인 건 맞는데 뭐랄까, 이쪽을 보는 시선에 배려라곤 없고 조금 거친 느낌이었다.

"진짜 닮았다. 재미있네."

그렇게 말하더니 '간지'라고 하는 모모네의 무례한 남자 친구가 킥킥 웃었다.

"그야 우리 엄마들이 쌍둥이니까."

간지를 올려다보는 히나타의 표정이 아양 떠는 것 같다고 생각하는 건 심술궂은 심보일까. 두 사람이 음료를 주문한 뒤, 모모네가 가방에서 교과서를 꺼냈다.

"모모네, 진짜 공부할 생각이야?"

"간지가 수학을 가르쳐 준다면 일부러 히나한테 부탁하지 않거든?"

나는 담담히 모모네가 보여 준 2차 함수 그래프를 그리는 문제를 풀었다.

"진짜 머리 좋네, 히나타."

간지가 감탄하는 것처럼 말했지만, 다짜고짜 친한 척 이름을 부르는 게 싫어서 내심 짜증이 났다. 진짜란 소리만 몇 번째야. 이렇게 표현이 서툴고 거칠다. 모모네는 이 사람의 어디에 반했을까.

간지가 화장실에 다녀오겠다며 자리를 뜨자, 모모네가 눈썹을 살짝 찡그리며 말했다.

"미안해. 남자랑 만나는 거 아니냐고 의심해서."

지금 그건 변명일까 자랑일까. 간지와 같이 올 예정이 아니었다는 건 사실 같으니 변명 70퍼센트에 자랑 30퍼센트쯤이겠지.

얼마 지나지 않아 셋이 같이 밖으로 나왔다. 낮이 제법 길어져서 벌써 5시가 다 됐는데 태양이 여전히 높은 곳에 있었다. 눈이 부셔서 이마에 손을 대고, 앞에서 걷는 모모네와 간지의 뒷모습을 봤다. 간지의 뒷모습은 나쁘지 않았다. 팔다리가 길쭉하다. 키가 172센티미터라고 했는데 좀 더 커 보였다. 그래도 걷는 자세가 별로다. 웬지 모르겠는데 또 거칠다는 인상이 들었다.

빌딩 2층의 출구를 나오면 광장이 있고, 곧장 역 개찰구로 이어진다.

“모모네, 그거 알아? 이런 걸 페데스트리언 덱이라고 해. 쉽게 말해 보행자 통로.”

되게 건방진 척을 한다 싶었는데 모모네는 아무렇지 않은가 보다.

“그래? 이름이 따로 있는 줄 몰랐어. 이런 거 많이 있지. 곧장 백화점으로 갈 수 있는 거. 편리해.”

친밀하게 대화하는 두 사람은 나 따위 눈에 들어오지도 않나 보다. 그래서였을까. 광장 개찰구 근처에 선 몇 명의 학생들을 알아본 것은 뒤에서 걷던 내가 먼저였다. 손에 피켓을 들고 있다. 그 사람들이다. 그러고 보니 오늘은 네 번째 주 금요일이다. 처음 저들을 보고 벌써 2주나 지났다.

“엇, 저거 우리 학교 학생이네.”

간지가 가리켰고 모모네도 고개를 끄덕였다.

“정말이다.”

간지가 가볍게 손을 흔들며 여자 고등학생에게 다가갔다.

“아야!”

전단에 있었던 이름이다. 아마도 가자미 아야. 머리가 짧고 야무져 보이는 여자였다. 그 사람이 손에 든 골판지에는 '지속 가능한 미래를!'이라고 적혀 있었다.

그 옆에는 2주 전 나에게 말을 걸었던 남학생 미즈사와 료마가 'CLIMATE CRISIS(기후 위기)'라고 적힌 골판지를 들고 있었다. 순간 눈이 마주친 것 같았다. 저 사람은 나 같은 거 기억도 못 하겠지. 그런데도 조금은 심장이 두근거렸다. 간지와 비교해 저 사람은 거칠다는 느낌이 없다. 그때 그 사람이 고개를 돌려 나를 보더니 말을 걸었다.

"어라, 너 전에 만났었지."

말도 안 돼, 나를 기억해? 놀라서 바로 말이 나오지 않았다. 간지가 실실 웃으며 끼어들었다.

"뭐야? 료마 너도 그런 뻔한 수법을 쓰냐?"

미즈사와 료마는, 아니 연상이니까 료마 선배는 간지의 말을 무시하고 내게 말했다.

"전단을 받아 줬지. 그런데 왜 간지랑 같이 있어?"

"히나타는 내 여자 친구의 사촌이야. 머리가 좋아."

그 말을 듣자마자 식은땀이 났다. 이어서 얼굴이 확 붉어졌다. 지금 나 이외에 여기 있는 고등학생은 모두 마쓰카와고등학교보다 훨씬 등급 높은 사쿠라기학원에 다닌다.

"간지, 너도 같이 활동하지 않을래?"

아야 선배가 말했다.

"나는 머리가 나빠서 어려운 건 잘 몰라."

료마 선배가 불쾌한 표정으로 간지를 봤다. 아야 선배는 이번에는 모모네 쪽으로 시선을 옮겼다.

"너는? 1학년이니?"

모모네가 뭔가 말하기 전에 간지가 대답했다.

"이 녀석도 어려운 건 몰라."

그저 어색하게 웃는 모모네의 팔을 간지가 잡아당겼다.

"가자."

그러자 모모네가 내 팔을 당겼다.

"히나, 가자."

그러나 나는 움직이지 않았다.

"나는 조금 얘기하려고. 넌 가도 돼."

"어, 그럴래? 그럼 히나, 또 봐."

개찰구 쪽으로 가는 두 사람을 잠시 바라보았다. 당연하다는 듯이 모모네의 어깨에 올라간 간지의 팔. 호흡이 잘 맞는 연인. 부럽지 않다고 하면 거짓말이다. 모모네, 고등학생이 되면서 멋도 부리고 귀여워졌지.

한숨을 한 번 쉬고 나는 환경 문제 연구회 사람들을 바라보았다.

"너, 우리 학교 학생은 아니지?"

아야 선배가 물었지만 학교가 어딘지 밝히고 싶지 않았다. 간지, 쓸데없이 머리 좋다는 소리나 해서, 하고 내심 혀를 차고 싶은 기분이었다.

"아까 기리시마 간지라는 사람 친구의 사촌이에요."

"그건 들었어."

"미쓰우치 히나타라고 해요."

"미쓰우치, 우리 활동에 흥미가 있니?"

"아, 네. 뭐, 그렇습니다."

사실은 모모네와 떨어지고 싶었을 뿐이다.

"기후 변화를 공부하고 있어?"

이번에는 료마 선배가 물어보았다.

"음, 대충요? 자연 현상과 인간의 활동, 이 두 가지가 원인이라고……."

이건 얼마 전에 인터넷에서 본 설명이었다.

"IPCC 평가서에서 지구 온난화가 일어난 사실은 물론이고, 그것이 인간의 영향 때문에 발생한다고 평가한 거 알고 있지?"

"아이피?"

료마 선배가 대놓고 얼굴을 찌푸렸다.

"너, 아무것도 모르는 거 아니야?"

그야말로 업신여기는 것 같은 태도로 말하니까 기가 꺾였다. 말투에서도 나쁜 심보가 묻어나서 거칠지 않다고 속으로 칭찬했던 것을 후회했다.

“료마, 잘 모른다고 화내지 마.”

다른 남학생이 달래자, 료마 선배가 그쪽을 노려보았다. 2주 전에는 훨씬 괜찮은 느낌이었는데 오늘은 기분이 별로인가.

“고스케, 너도 진지함이 부족해. 그렇게 느긋한 상황이 아니잖아. 우리 미래가 달렸으니까.”

료마 선배는 동료를 향했던 험악한 눈초리 그대로 다시 나를 바라보았다. 무서워. 잘 알지도 못하는 사람에게 혼나야 하는 영문을 몰라 화가 났지만, 아무것도 모른다는 말에는 반론할 수 없어서 나도 모르게 고개를 숙였다.

“어이, 너. 스마트폰 꺼내.”

너라고 부르다니 어이없었지만, 서슬에 밀려 가방에서 스마트폰을 꺼냈다.

“라인으로 참고할 만한 사이트 주소랑 책 정보를 보낼게.”

시키는 대로 료마 선배의 친구 신청을 수락했다. 우리가 무슨 친구냐고 속으로 투덜대면서. 번호를 얻으려는 구실이라는 의심도 이 사람이라면 200퍼센트 해당하지 않을 것 같다.

그로부터 한동안 환경 문제 연구회 사람들을 묵묵히 지켜보았다. 모모네의 정보에 따르면 아야 선배는 뭐든지 잘하는 뛰어난 여자라고 했다. 말하는 것에 귀를 기울여 보니 정말 머리가 좋은 것 같았다. 다른 여학생과 함께 북극 해빙이니 포화수증기량이니, 뭔가 복잡한 이야기를 했다.

오늘도 스탠딩 시위에 참여한 사쿠라기학원 환경 문제 연구회 멤버는 전에 본 것처럼 남녀 둘씩 네 명이었다.

길을 걷는 사람들은 거의 100퍼센트 무시했다. 거의라고 한 것은 딱 한 명, 피켓을 보고 멈추긴 했지만 결국 바로 떠난 중년 여성이 있었기 때문이다. 나는 무서운 료마 선배 곁을 떠나 아야 선배에게 다가가 물었다.

"환경 문제 연구회는 동아리죠? 어떤 활동을 하나요?"

"한 달에 두 번은 여기에서 이렇게 스탠딩 시위를 해. 이것 이외에는 일주일에 한 번 모여서 정보를 교환하고 문헌을 읽어. 또 한 달에 한 번은 스터디 모임을 해서 멤버가 조사한 것을 발표해. 또 가끔 다른 학교와 정보 교환도 하고."

"다른 학교에도 이런 동아리가 있어요?"

"전부 정식 동아리는 아니지만. 뭐, 우리도 그렇긴 하고."

그러고 보니 모모네도 그렇게 말했었다.

"멤버는 총 몇 명이에요?"

"지금 여기 있는 게 전부."

고작 네 사람이냐고는 굳이 말하지 않았다. 슬슬 물러갈 때인 것 같았다.

"여러모로 알려 주셔서 고맙습니다."

나는 고개를 꾸벅 숙이고 그 자리를 떠났다.

두 번째 만남에서 료마 선배의 인상은 급하락했다. 비교적 붙임성이 있었던 건 처음뿐이다. 지금 생각해 보면 그건 이른바 '기후 위기에 흥미 유도'라는 상품을 팔기 위한 영업용 미소였겠지.

그런데 료마 선배가 그날 중에 메시지를 보냈다. 참고 문헌이라며 몇 권의 책. 또 IPCC 관련 사이트 URL. 착실하다고 해야 할까, 성실한 사람인가 보다.

'Thank You'라는 이모티콘을 보내고 물어보았다.

그런데 IPCC가 무슨 약칭이에요?

답변은 무뚝뚝했다.

곧바로 남한테 묻지 말고 직접 조사해.

"건방지네, 진짜."

사람을 바보로 여기는 표정이 생생히 떠올랐다. 어쩜 이렇게 남을 얕본담?

"어차피……."

무심코 입에서 나오려고 한 것은 자기 비하다. 나는 대체 언제부터 이렇게 주눅 든 인간이 된 걸까. 고등학교 입시 실패. 내가 당연히 있어야 할 곳에 가지 못했다는 생각. 그래도 역시 이대로 있기에는 화가 났다. 그런 생각으로 우선 'IPCC'를 검색했다. 검색 결과로 나타난 것이 지금 막 알려 준 사이트여서 또 분했다.

IPCC는 Intergovernmental Panel on Climate Change의 약칭으로, '기후 변화에 관한 정부 간 패널'이라는 뜻이라고 한다. 그런데 패널이 뭐지? 내 머릿속에 떠오른 것은 뭔가를 붙이는 판때기다. 설마, 하고 웃으며 이것도 조사했다. 패널에는 놀랄 정도로 다양한 의미가 있었다. 공개토론회? 패널 디스커션이라는 말도 있지. 또 소위원회라는 의미도. 아마 이거겠다고 짐작하며 IPCC의 설명을 읽었다.

세계기상기구(WMO)와 국제환경계획(UNEP)이 1988년 설립한 정부 간 협의체.

WHO라면 들어 본 적 있는데 WMO는 몰랐다. IPCC의 목적은 각국 정부의 기후 변화에 관한 정책에 과학적인 기초를 제공하는 것이라고 한다.

그리고 IPCC에 따르면, 인간의 활동이 대기, 해양과 육지를 온난화로 이끈 것에 의심의 여지가 없다고 한다.

"확실하게 말하네."

나도 모르게 중얼거렸다. 예전부터 온난화라는 말은 종종 들었다. 기후 변화라도 긴긴 지구의 역사로 생각하면 별것 아니라는 의견도 들은 적 있는데, 아무래도 그건 순진한 생각이었나 보다.

소개해 준 기후 위기에 관한 책을 읽어 보려고 시립도서관 사이트에서 검색했더니 있었다. 집 근처 도서관에 재고가 있어서 바로 예약했다.

다음 날, 도서관에 가서 예약한 책을 빌렸다. 집에 돌아와 책을 펼치자, 앞쪽에 사진이 있었다. 전부 끔찍한 것이었다. 집중 호우, 토네이도, 가뭄, 산불……. 생생한 사진에 충격받았는데, 이 정도까지는 그래도 상상할 수 있는 범위 내였다. 그런데 그것만이 아니었다. 이대로 온난화가 이어지면 농작물이 해를 입는다. 그러면 식량도 모자라고 수자원도 부족해진다. 식량과 물 쟁탈전이 벌어지면? 생태계 균형이 무너진다. 감염병이 늘어난다. 해수면이 상승하면 주거지가 감소한다…….

기후 위기가 이런 거였어?

사진과 도표가 많은 책이어서 단숨에 읽었다. 아무래도 우리 지구는 굉장히 위험한 상황에 놓였나 보다.

책을 읽은 덕분에 아야 선배가 말한 '북극 해빙'이란 빙하를 말하는 것이고, '포화수증기량'도 어떤 뜻인지 이해했는데, 당연히 알았다고 기뻐할 상황이 아니다. 북극 빙하가 매년 약 12,000제곱킬로미터 면적만큼 사라진다고 한다.

2030년까지 온도 상승을 1.5도까지로 억제해야 한다. 그러지 않으면 우리 미래가 위험해진다. 하지만 2030년이면 10년도 안 남았다. 그때 나는 아직 20대다.

이거 정말일까. 그렇다면 다들 너무 여유로운 것 아닐까?

아무튼 책을 한 권 읽었다고 료마 선배에게 메시지를 보냈는데, 읽음 표시는 떴으나 반응이 없어서 조금 맥 빠지는 기분이었다.

그런데 곧바로 유튜브 URL이 도착했다. 다른 메시지 하나 없이.

"하여간 진짜 건방지다니까."

그렇게 생각했지만 궁금한 마음에 유튜브 영상을 봤다. 기상학자가 온난화를 설명하는 영상이었다. 이해하기 쉬웠다. 책보다 이쪽을 먼저 알려 주면 좋았겠다고 생각했는데, 어쩌면 책을 읽었으니까 훨씬 이해하기 쉬웠을지도 모른다.

영상을 보고 나니 더욱 두려워졌다.

"진짜 위험하잖아."

우리 미래는 어떻게 될까? 누군가에게 뭐라도 말해야 한다는 생각에 저녁을 먹으며 말을 꺼냈다.

"있잖아, 기후 변화를 어떻게 생각해?"

"아, 지구 온난화?"

엄마의 반응이다.

"온난화 자체가 없다는 얘기도 있던데."

이건 아빠다.

"그건 아니야. IPCC는 인간의 활동이 영향을 주는 것은 의심할 여지가 없다고 했어."

"엄마 생각도 같아. 플라스틱 쓰레기를 줄일 필요성이 있지."

"맞아. 플라스틱을 태우면 대량의 온실 효과 가스가 나오니까."

"그래서 나도 언제나 장바구니를 챙겨 다녀. 그런 쪽에 관심 있는 친구가 있어서 얼마 전에 예쁜 장바구니를 얻었어."

아니, 장바구니가 몇 개씩이나 필요한 건 아니지 않냐고 한마디 하고 싶었는데, 그보다 먼저 남동생 모리오가 끼어들었다.

"온난화가 나빠? 나는 추운 거 싫어."

"너 스노보드 타고 싶다고 했잖아. 눈이 내리지 않을지도 몰라."

"그럼, 스케이트보드 타면 되지."

"연어나 연어알도 못 먹게 될 텐데?"

"그건 조금 별로다."

"또 스미다강 근처 할아버지 댁, 물에 잠길지도 몰라."

"진짜? 그건 곤란한데."

순진무구하게 눈을 동그랗게 뜨는데, 아직 초등학생인 모리오는 실감하지 못할 것이다. 아니, 사실은 나도 그렇다.

“아빠도 투발루라는 섬 이야기를 전에 들은 적 있어.”

아빠가 말했다.

“섬이 아니라 나라 이름 아니었나?”

“아무튼 거기가 물에 잠길지도 모른다고 했었어.”

“그래도 잠겼다는 소리는 못 들었어.”

“그거 어디 있어?”

모리오가 물었다.

“태평양 섬이야. 바다가 예쁘겠다.”

“하와이 같은 곳?”

“음, 글쎄다?”

부모님의 대화는 어렴풋하고 어중간하기만 했다. 진지하게 걱정하지 않나 보다. 그렇다면 누구라면 진지하게 걱정할까?

내 방에 돌아와 다시 책을 이리저리 넘겼다. 기후 변화에 흥미를 느낄 친구가 있을까. 모모네?

“안 되겠지…….”

간지와 사이좋게 멀어지는 뒷모습이 생각났다. 모모네는 어려운 건 잘 모른다고 했다. 앗, 아니다. 모모네가 한 말이 아니다. 간지가 그렇게 말했고 모모네가 고개를 끄덕였다. 그런 소리를 들으면 나는 싫을 것 같은데, 모모네는 아무렇지 않나 보다. 간지를 좋아하니까? 그래도 좀 떨떠름하다.

시즈호에게 메시지를 보내 보면 어떨지 생각했다. 그렇지만 요전에 흥미까진 없다고 해 놓고서 갑자기 진지하게 말하면 '히나타, 생각보다 깨어 있는 사람이었네?'라고 생각해 거부감을 느낄지도 모른다.

그래도 누군가에게 뭔가 말하고 싶어서 결국 료마 선배에게 메시지를 보냈다.

책 읽었어요. 유튜브도 봤고요.

그래서 부모님한테 기후 변화 이야기를 해 봤는데
별로 관심이 없어서 실망했어요.

모모네도 흥미 없을 것 같고.

잠시 후, 답변이 왔다.

사흘 전의 너는?

뭐라 받아칠 말이 없었다. 그래도 좀 다르게 말하면 안 되나 싶어 화가 났다. 얕보는 게 기분 나빠서 조사했는데 더 화가 났다. 하지만 그렇다고 해서 등을 돌리기는 싫었다.

료마 선배의 사람을 깔보는 얼굴을 떠올리며 '어디 두고 보자.' 하고 속으로 중얼거리고 베개를 벽에 던졌다.

머리카락을 마구마구 헤집고 싶었다. 뭔가 이상하다. 지금 엄청나게 위험하다. 왜냐하면 우리 미래가 진짜로 어두우니까. 그래서 굉장히 열중했다. 잔뜩 흥분했다, 이 일에. 그러고 보니 이런 식으로 뭔가에 집중해 읽고 조사한 것은 입시 공부 이후 처음이었다.

4.

억울하다며 투덜거릴 때가 아니었다

"안녕, 좋은 아침!"

기분 우울한 월요일 아침부터 묘하게 상쾌한 목소리가 들려 고개를 들었다. 쓰치야 엘레나였다. 엘레나는 언제나 밝다. 나도 억지스러운 미소를 짓고, 같은 말을 작은 목소리로 돌려주었다.

"얘, 히나타. 혹시 우리 학교, 싫어해?"

순간 무슨 말을 들었는지 이해하지 못했다.

"그, 그렇지는 않은데. 왜?"

우물쭈물 대답하면서 "우리 장래가 비관적일 뿐이야."라고 말하면 어떤 반응을 보일지 궁금했다. 그냥 궁금해하기만 했다. 그보다 갑자기 우리 학교를 싫어하냐고? 제대로 대화한 적도 없는 상대한테 할 질문이 아니잖아.

엘레나는 한마디로 말해 분위기 파악을 못 하는 타입이다. 아니, 그보다는 말투가 강하고 조심성이 없다. 분위기 파악을 못 하는 것이 아니라 안 하는 것 아닐까. 그런 이유에서인지 비교적 혼자 있을 때가 많다.

"히나타, 항상 지루해하는 것처럼 보여서."

"그렇지 않은데."

아니, 그럴지도. 싫은 것까지는 아닌데 진학하고 싶었던 학교가 아닌 것은 맞아서, 여전히 마쓰카와고등학교에 적응하지 못했다. 애초에 소속 의식이 거의 없다.

"엘레나, 너는 우리 학교 좋아해?"

"그냥 그런가."

무뚝뚝하게 대답하더니 엘레나가 멀어졌다. 역시 조금 독특한 애이다.

점심시간, 또 시즈호와 둘이 운동장 벤치에서 도시락을 먹기로 했다. 오늘도 시즈호는 색색이 예쁜 도시락을 가지고 왔다.

기후 변화 이야기를 해 볼지 잠깐 생각했으나, 입에서 나온 말은 다른 것이었다.

"쓰치야 엘레나랑 말해 본 적 있니?"

"아, 응. 조금은. 중학교, 우리 학교 근처였어."

"그래? 그럼 예전부터 알았어?"

"알았던 건 아니야. 학원 친구한테 소문으로 들은 적 있어."

"소문?"

"아무에게나 편하게 말을 걸지만 혼자 있을 때가 많대. 무리 짓지 않는 타입인가 봐."

"그렇구나."

"또 아르바이트를 한대. 뭐, 우리 학교는 미리 신청서만 내면 아르바이트를 해도 되니까. 우리 반에도 몇 명인가 아르바이트하는 애 있어."

"그래?"

시즈호는 의외로 정보통이었다. 단순히 내가 같은 반 급우에게 별로 관심이 없을 뿐일 수도 있다.

"우리 학교, 공립이니까 집이 여유로운 학생만 있지 않잖아. 엘레나네 집이 어떤지 모르지만."

문득 고개를 들었는데, 바로 그 엘레나가 내 시선에 들어오더니 점점 가까워졌다. 호랑이도 제 말 하면 온다더니.

"같이 먹을래?"

내가 말을 걸었다. 지루해하는 것처럼 보인다는 소리를 일방적으로 듣는 건 부아가 나니까. 엘레나가 살짝 고개를 끄덕인 것처럼 보여서 나는 벤치 한쪽을 비우려고 시즈호 쪽으로 붙었다.

"나는 시즈호 옆이 좋은데."

"어?"

왜지? 의아했지만 벤치 오른쪽으로 붙어 엘레나를 중앙에 앉혔다.

"고마워."

엘레나가 도시락을 열었다. 작은 주먹밥 세 개에 샐러드. 샐러드에는 삶은 달걀도 들었다. 자루가 짧은 포크를 쥔 엘레나를 보고 시즈호가 물었다.

"너도 왼손잡이구나."

"응."

"그래서 내 옆이 좋다고 한 거네."

"맞아."

내가 놀라서 두 사람을 번갈아 바라보자, 시즈호가 설명했다.

"오른손잡이의 오른쪽에 앉으면 팔꿈치가 부딪치거든."

깜짝 놀랐다. 그래서 시즈호가 늘 왼쪽에 앉았구나.

"생각해 본 적 없었어. 시즈호가 왼손잡이인 거 알고 있었는데."

"보통은 생각 못 하지. 오른손잡이는."

시즈호가 서글서글하게 웃었다.

"다수자의 눈에 소수자는 잘 보이지 않으니까."

엘레나의 말이 내 심장을 푹 찔렀다. 지금까지 모르는 사이에 시즈호가 여러모로 배려했던 것 아닐까.

"글자 쓰는 거 너무 힘들지."

"맞아. 그리고 주판, 열받아. 그걸 왜 배워야 하는 건데?"

"묘하게 쓰기 불편해. 왼손잡이용 가위."

"맞아, 맞아. 또 자동 개찰구 지나는 거 힘들어."

"자판기에 돈 넣는 곳도 오른쪽이고."

"물방울 모양 국자도 불편해."

"아아! 끝이 뾰족한 그거!"

두 사람이 흥분해서 한동안 나는 오도카니 있었다.

"왼손잡이, 정말로 소수자구나."

"나는 그것만이 아니지만."

엘레나가 그런 소리를 하더니 주먹밥을 먹었다. 그것만이 아니라니, 그 외에도 스스로 소수자라고 생각하는 점이 있다는 소린가?

나는 어떨까.

"……나도 소수자일지도."

그렇게 말한 것은 마쓰카와고등학교에 도무지 적응하지 못한다고 생각했기 때문이다. 엘레나의 말처럼 지루해하는 것이 맞았다. 다른 급우들도 알아차렸을지도 모른다. 그런데 내 말을 듣고 엘레나가 한 말은 다른 거였다.

"뭐, 우리는 여자니까. 학교에서는 이렇게 지내도 일본은 남성 사회라고 우리 엄마가 말했어. 능력이 없어도 남자라는 이유만으로 여자보다 잘나간다고."

즉, 여자인 것은 소수자라고 한다.

기후 변화 이야기를 해 보자는 생각이 다시 머리를 스쳤으나, 역시 화제로 꺼내지 않았다. 가족의 반응도 그냥 그랬고, 분위기를 깨는 건 싫었다.

료마 선배와 동아리 사람들이 생각났다. 그 사람들이라면 주춤거리지 않고 화제로 삼겠지. 스탠딩 시위도 할 정도니까.

결국 그 후로도 아무에게도 기후 변화 이야기를 꺼내지 않은 채 며칠이 흘렀다. 그동안 몇 번쯤 학교 도서관에서 기후 변화와 관련한 책을 찾아 살펴보았다. 조금 더 지식을 쌓으면 틀림없이 화제로 삼을 수 있을 것이다. 하지만 이런 생각은 변명일 뿐이란 걸 나도 속으로는 알고 있었다.

주중에 달이 바뀌어 6월 첫 번째 금요일이 되었다. 첫 번째 금요일이니까 그 사람들은 C역에 없을 것이다. 갑자기 생각이 미쳐 시부야에 가 보기로 했다. 학교에서 출발하면 1시간이면 갈 수 있다.

"시즈호, 오늘 시부야에 가지 않을래?"

"미안, 금요일은 안 돼."

"아, 맞다. 금요일에는 볼일이 있댔지. 그럼 혼자 가야겠다."

엘레나는 흥미가 있을까? 셋이서 같이 도시락을 먹은 후로 엘레나와 종종 대화를 나누었다. 원래 말투가 솔직하고 거침없는 사람인 걸 아니까 지루해한다는 소리를 들은 불쾌함은 사라졌다. 그래도 엘레나는 여전히 혼자 있는 것이 좋은 듯해서 친구 미만인 관계였다.

시부야에 가려는 이유는, 처음 료마 선배와 만났을 때 들은 기후 시계의 실물을 보고 싶어졌기 때문이다.

그 시계는 나와 그다지 나이 차이가 나지 않는 사람들이 크라우드펀딩으로 자금을 모아 설치했다. 제일 먼저 설치한 곳이 시부야역 앞, 시부야구 관광안내소인 시부하치 박스이고, 지금은 다른 곳에도 몇 개인가 설치되었다고 한다.

시부야역에서 전철을 내리자, 후덥지근한 공기에 휩싸였다. 낮인데 사람 참 많다고 생각하며 사람들 흐름을 타고 계단을 내려가 개찰구를 나왔다. 뉴스에서 종종 보는 스크램블 교차로를 바쁘게 걸어가는 사람들을 보니까 조금 겁이 났다. 도심 번화가에 혼자 온 것은 처음이었다. 그래도 나는 이제 고등학생이니까, 하고 힘을 내며 목적한 곳으로 갔다.

기후 시계는 생각보다 작았다. 솔직히 고작 이거인가 싶었다.

그래도…….

나란히 늘어선 숫자가 바쁘게 움직였다. 이 시계가 표시하는 것은 지금을 기준으로 이산화탄소가 계속 배출될 경우, 돌이킬 수 없는 사태가 벌어질 때까지 우리에게 남은 시간이다. 앞으로 6년하고 조금이다. 한참 바라보는데 차츰차츰 공포가 밀려왔다.

기후 위기를 다룬 책을 읽고 관련 유튜브 영상도 보며 나름대로 이해했다고 생각했다. 그러나 이게 정말인지 의심스러웠다. 6년 뒤면 나는 고작 스물한 살이다. 그 사실에 조바심이 났다.

얼굴을 잔뜩 찌푸리는데, 누가 등을 두드려서 돌아보았다. 상대와 눈이 마주쳤다.

"어라? 왜?"

료마 선배가 서 있었다.

"금요일이니까. 아니, 그건 내가 할 말이지. 왜 여기에……."

그 사람의 말을 가로막는 것처럼 나는 안달이 나 물었다.

"정말로 이것밖에 남지 않았어요? 우리의 시간이요. 왠지 믿을 수 없는데."

"그때가 온다고 해서 딱히 지구가 폭발해서 소멸하거나 전 세계에 대재앙이 발생해서 인류가 멸망하는 건 아니야."

"아, 그래요?"

"그래도 이대로는 몹시 혹독한 상황에 놓이는 건 분명해. 지금도 그런 조짐이 있고."

료마 선배가 당연하지 않냐고 주장하는 듯한 표정으로 말했다.

"그렇다면 다들 너무 태평하잖아요. 아, 너도 그랬다는 소리는 하지 말기예요. 솔직히 역시 실감이 안 나서. 그보다 다들 왜 아무렇지 않을까요?"

"정상화 편향이라는 말 알아?"

나는 고개를 저었다.

"예상하지 못한 사태에 직면했을 때, 그럴 리 없다는 편향, 즉 치우친 사고가 작용해서 모든 것이 정상 범위라고 자동으로 인식하게 돼. 마음의 평온을 유지하기 위한 건데, 이게 도를 넘으면 비상사태에 대처하지 못하지."

그렇구나, 하고 들으며 역시 말투가 내려다보는 것 같단 느낌이 들었다. 잠자코 있자 료마 선배가 계속 설명했다.

"비상 알람이 울려도 오작동이라고 생각하거나 다른 사람이 도망치지 않으니까 나도 괜찮다고 여기는 거야."

"즉, 기후 변화가 있어도 나는 괜찮다고 생각하는 거네요? 남들도 신경 쓰지 않으니까……."

"그렇지."

"신경 쓰는 사람이 괴롭겠어요."

"현실을 보지 않고 힘든 일을 겪는 것과 괴로워하면서 위기를 회피하는 것 중 뭐가 좋을까?"

그 질문에 "그건 그러네."라고 고개를 끄덕일 수밖에 없었다.

대화를 나누며 같이 건물 밖으로 나왔다.

"2호기도 보러 갈래?"

"어디 있어요?"

"파르코 쇼핑몰 앞."

"갈래요."

즉답한 것은 모처럼 시부야에 왔으니까 번화가를 걸어 보고 싶어서였다.

나란히 스크램블 교차로를 걸으며 아주 조금이지만 기분이 들떴다. 남자와 같이 걷기 때문일까? 별로 그런 마음이 있는 상대도 아니고, 입이 삐뚤어져도 느낌 좋다곤 할 수 없는 사람이지만.

"시부야에 자주 와요?"

"그렇게 자주는 아닌데. 뭐, 방송국 공개홀에."

"거기 음악회나 연주회 열리는 곳이죠?"

"부모님이 클래식을 좋아하셔."

"우와, 부잣집 도련님 같다."

"전혀 아니야."

불쾌한 티가 나는 답이 돌아왔다. 신경을 건드렸나 걱정하다가, 의외로 늘 불쾌해 보이는 사람이니 괜찮겠거니 생각했다. 붙임성 좋았던 건 처음 만났을 때뿐이다.

곧 목적한 곳에 도착했다. CO 시부야라는 육아 지원 시설에 있었다.

"숫자가 줄었어……."

"그야 아까보다 시간이 흘렀으니까."

료마 선배의 말투는 여전히 무뚝뚝했다. 그래도 순식간에 수치가 줄어든 것을 내 눈으로 보니 역시 가슴이 술렁거렸다.

한참 말없이 시계를 바라보다가 마치 말을 맞춘 것처럼 함께 밖으로 나왔다. 역 앞만큼은 아니지만 비교적 사람이 많아 시부야에 와 있는 지금 현실로 되돌아왔다.

료마 선배가 조금 눈이 부신 표정으로 하늘을 올려다보며 말했다.

"하라주쿠로 가지 않을래?"

"네?"

"여기에서는 역까지 거리가 비슷하거든. 시부야의 인파, 힘들어. 하라주쿠라면 공원을 지나서 갈 수 있거든."

"공원이요?"

"요요기 공원."

"접수했습니다."

조금 장난스럽게 대답했다. 료마 선배의 입가가 아주 살짝 올라간 것 같았다.

6월 초라도 화창하니까 역시 더웠다. 습도도 높아 걷다 보니 피부가 끈적거려서 불쾌했다.

"자외선이 강하겠어요."

"그것도 온난화와 관련 있어."

"그래요? 양산 가지고 올 걸 그랬다. 료마 선배도 양산 쓰는 남자, 어때요?"

대답이 없었다. 역시 대화가 잘 통하는 상대는 아니다. 이게 데이트라면 모모네에게도 조금은 자랑할 수 있을 텐데. 아니, 데이트는 자랑하려고 하는 것이 아니지.

느티나무 가로수길을 걷는데 매점이 있었다.

"마실 것 좀 사 올게요."

"어?"

"목이 말라서."

"설마 페트병에 든 음료를 사려고? 물병, 안 가지고 다녀?"

료마 선배가 대놓고 얼굴을 찌푸려서 말문이 막혔다. 물병이 없진 않은데 왜 챙겨 오지 않았을까. 음료를 사지 못하게 되었다.

"일본은 페트병 회수율이 높다고 하지만 10퍼센트 이상은 미회수이고 그게 27억 병이나 돼. 중요한 건 리듀스, 다시 말해 절감하는 거야."

27억 병이라는 숫자에 놀라 고개를 숙일 수밖에 없었다. 그래도 역시 목이 말랐다. 그때 문득 눈에 무언가가 들어왔다. 저거라면 괜찮겠지.

"……소프트아이스크림이 있는 것 같아요. 먹을래요?"

"나는 마실 거 있어. 가서 사 와."

콘에 담긴 소프트아이스크림. 이거라면 플라스틱 쓰레기가 나오지 않는다. 이왕이면 뭘 좀 마시고 싶지만. 아이스크림을 핥자, 혀가 차가워졌다.

료마 선배에게 다가가며 웃었다.

“맛있어요.”

광장 같은 곳을 쭉 걸어가자 육교가 있었다. 료마 선배를 쫓아 육교를 올라갔더니, 그 앞은 제법 넓은 공원이었다.

“우아, 커다란 나무가 많다. 도쿄 한복판에 이렇게 나무가 많은 곳이 있다니.”

들뜬 목소리가 저절로 나왔다.

“공원을 좀 걸을까?”

료마 선배가 물어서 그러겠다고 대답했다.

자주 왔던 곳인지 료마 선배는 망설이지 않고 걸었다. 그 뒤를 쫓아가자 커다란 우산 같은 것이 보였다. 세 개가 있었는데 각각의 우산 아래는 벤치였다.

“잠깐 쉴래?”

아이스크림은 걷는 도중에 다 먹었지만 땀도 좀 났고 한숨 돌리고 싶어서 고개를 끄덕였다.

한 사람이 앉을 만큼 자리를 띄우고 벤치에 앉았다. 녹색 나무에 둘러싸인 덕분에 기분 좋았다.

"왠지 바람이 시원하네요."

"여긴 세 송이 버섯 휴게소야."

"그런 이름이구나. 과연, 버섯이네요."

조금 전까지 강렬한 햇살이 내리쬐었는데 갑자기 날이 어두워졌다. 하늘을 보자 잿빛 구름이 깔렸다.

"왠지 저 구름, 사악해 보이는데요."

농담으로 한 말인데 료마 선배의 표정이 굳었다.

변화는 순식간이었다. 시원한 바람이 아니라 불길한 바람이 불었다. 뚝뚝, 지면에 점무늬가 퍼진다 싶더니 금세 격렬한 비로 바뀌고 하늘이 번쩍였다. 이어서 천둥소리가 들렸다.

"앗! 천둥 친다! 나 우산 없는데. 우산 있어요?"

"없어. 여기에서 비를 피할 수밖에 없네."

대답하는 료마 선배의 목소리가 갈라졌다. 곁눈질하니 걱정스럽게 눈살을 찌푸리고 있었다. 또 섬광이 번뜩이자, 료마 선배가 움찔 어깨를 떨었다. 혹시 벼락을 싫어하나? 그야 나도 좋아하진 않지만……. 무심코 킥킥 웃었다.

"왜 웃어."

료마 선배가 노려보았다.

"벼락, 무서워해요?"

순간 남자면서, 라는 말이 나올 뻔해서 간신히 삼켰다. 여자가 어쩌고, 하는 소리를 들어서 싫었던 적이 있었으면서 나도 참.

"벼락을 우습게 보지 마. 에너지가 엄청나니까."

"2백억 킬로와트였죠? 알려 준 책에 적혀 있었어요."

"잘 알고 있네."

늘 그렇듯이 거만한 말투여서 찌릿 노려보았다.

"나를 바보라고 생각하죠?"

그런데 료마 선배는 어딘지 건성이었고, 하늘이 번뜩일 때마다 눈살을 찌푸렸다.

"……어렸을 때인데 본 적 있어."

"봤다고요?"

"캠프장에서. 봤다는 표현은 정확하지 않겠다. 직접 목격한 건 아니거든. 그래도 취사장 지붕에 벼락이 떨어져서 몇 명이 감전됐어. 다행히 목숨에 지장은 없었지만."

나도 모르게 버섯 지붕을 올려다보고 덜덜 몸을 떨었다. 벼락이 떨어지다니. 그냥 비유로 쓰는 말인 줄 알았다. 사고를 실제로 겪었다면 무서운 것도 당연하다. 남자면서, 같은 말을 하지 않아서 정말 다행이었다. 다행인데, 역시 귀여운 면도 있다는 생각도 들었다.

"……비, 조금은 약해졌네요."

"그러게. 많이 오지 않아서 다행이야. 벼락도 온난화 때문에 늘어났어."

"왜요?"

"왜 그럴 것 같아?"

"으음. 대기 중 수증기량이 늘어서 적란운이 잘 생기니까?"

"제대로 공부했나 보네."

깔보는 듯한 거만한 표정인데도 이상하게 마음이 놓였다.

"료마 선배, 사람을 무시하는 것 같다는 소리 안 들어요?"

그래서 이런 걸 묻고 말았다.

"들은 적 없어. 잘난 척한다는 소리는 듣지만."

무심코 웃음이 터졌다.

"죄송해요. 그래도 듣는구나."

"분위기 파악을 못 한다나 봐. 그래도 내 입장을 말하면, 못 하는 게 아니라 불필요하게 파악하려고 들지 않는 거야. 아야한테는 귀국 자녀라 그런다는 소릴 듣지만."

나는 뭐든지 잘하는 여자 같은 분위기인 아야 선배 얼굴을 머릿속에 떠올렸다. 딱 두 번 봤지만, 료마 선배와도 솔직하게 대화를 나누고 마음을 터놓는 사이처럼 보였다. 환경 문제 연구회 멤버는 괴짜가 많다고 하니까 괴짜끼리 마음이 잘 맞는지도.

그러고 보니 모모네가 말해 준 이중 언어자라는 정보가 생각났다.

"귀국 자녀라면 이중 언어자예요?"

"그보다는 삼중 언어자야."

"삼중?"

"초등학교 고학년 때 부모님 회사 사정으로 독일에서 가서 2년. 다음으로 호주에 가서 1년."

"……독일어도 할 줄 아네요."

"독일에서 다닌 건 일본인 학교였지만."

"역시 금수저 같아."

"호주는 사막화가 심각해."

"사막화라고 하니까 이 비, 가져다주고 싶네요."

그렇게 말하며 버섯 우산 밖으로 나갔다.

"그쳤어요."

팔을 벌리고 하늘을 봤다. 이미 구름이 걷혀 파란 하늘이 살짝 보였다. 료마 선배도 버섯 우산 밖으로 나왔다. 순간 눈이 마주쳤다. 눈이 부신 것처럼 눈을 가늘게 떴다. 눈이 부신 대상은 내가 아니라 당연히 하늘이지만. 예상과 달리 미소가 부드럽다. 이런 표정도 짓는다 싶었다.

느릿느릿 걸어 하라주쿠역으로 갔다. 이왕 하라주쿠에 온다면 여고생다운 즐거운 이유로 오고 싶었다고 생각했다가 고개를 저었다.

"왜 그래?"

"아무것도 아니에요."

지금 둘이 같이 있다. 우연히 만났고 데이트가 아닌데도, 또래 남자와 같이 하라주쿠에 있는 것이 갑자기 쑥스러워졌다. 그래도 아주 조금은 기뻤다. 상대가 이 사람이어도. 또 오늘은 료마 선배에게서 뜻밖의 면을 봤다.

전철역 개찰구 앞에 도착했을 때, 료마 선배가 말했다.

"집, 어디야?"

나는 역명을 말했다.

"정말로?"

그러자 료마 선배의 눈이 동그래졌다.

료마 선배가 내리는 역은 내가 내리는 역의 하나 전이었다. 이웃 동네에 살고 있었다. 사쿠라기학원이 통학권이니까 놀랄 일은 아니지만, 이렇게 가까운 곳에 살고 있을 줄은 몰랐다. 지금까지도 어딘가에서 모르고 스쳐 지나는 일도 있었을 법하다.

신주쿠에서 민영 철도 노선으로 갈아타서 몇 분, 비가 왔던 흔적이 사라졌다. 길이 전혀 젖지 않았고 햇살이 쨍쨍 내리쬈다.

"별로 멀지도 않은데 비가 안 왔어요."

"게릴라 호우니까."

"맞다, 작년이었나. 이 근처에, 입체로 교차하는 길이 있는데……."

“언더 패스? 지하도 말이지?”

“네, 지하도요. 집중호우로 차가 물에 잠기는 걸 아빠가 봤대요.”

“도시형 재난이야. 순식간에 물에 휩쓸려.”

“이런 게, 뭔가 다양하게 연결되었다는 걸 알게 됐어요. 료마 선배 덕분이에요.”

“나는 그저 조금이라도 많은 사람이 알게 되길 바랄 뿐이야.”

“그러게요.”

“그래서 화제로 삼는 건데……”

료마 선배의 눈썹이 가깝게 모였다.

“그러니까요. 왜 다들 이렇게 느긋할까요?”

말하면서 나도 켕겼다. 어제까지(이건 비유로서의 어제지만) 나 역시 느긋한 사람이었으니까. 게다가 나도 조금 전에 페트병에 든 음료를 사려고 했다.

우리 집은 가전제품도 대부분 에너지 절약형을 쓴다. 그렇지만 아무리 봐도 지금 상황은 각자 자기 생활에 손을 쓰는 정도로 극복할 수준이 아닌 것 같다.

“모르면 위기감도 생기지 않고 느긋하게 있을 수 있지.”

“나도 느긋한 사람이었지만요.”

료마 선배의 표정이 부드러워졌다. 예상보다 다정한 표정이었다. 늘 이런 표정을 보여 주면 좋을 텐데. 그래도 그러면 료마 선배답지 않겠다.

“우리, 역 앞에서 스탠딩 시위를 하잖아. 때때로 아직 어린데 야무지다고, 훌륭하다고 말을 거는 어른이 있어. 왠지 열받아.”

“자기는 관계없다고 생각하나.”

“싫은 건 보지 않고 없었던 걸로 하려고 해. 뭐든 그래. 빈곤이나 양극화 문제도.”

“사쿠라기학원은요, 아르바이트 금지예요?”

“원칙은. 어지간히 특별한 사정이 있다면 다르지만.”

“교칙, 비교적 엄격하지 않죠?”

“뭐, 그럴지도. 창립 정신이 원래 그러니까.”

“공립 학교는 돈에 여유가 없는 가정도 있어서, 우리 학교도 아르바이트하는 학생이 있어요.”

“그런 의미에서 우리는 대부분 유복한 가정의 학생이겠지.”

“그건 우리 집도 그렇지만요.”

갖고 싶은 것이 있으면, 부모님이 쓸데없는 욕심이 아니라고 판단하면 사 준다. 책이든 옷이든. 그러니까 내 눈에 보이지 않았다. 같은 반에 아르바이트를 해야만 하는 급우가 있는 것이. 엘레나가 생각났다. 엘레나가 어떤 사정으로 아르바이트하는지는 아직 모르지만.

이것저것 생각하기 시작하자 많은 것이 신경 쓰였다. 그런 한편으로 역시 매일 즐겁게 지내고 싶은 마음도 있다. 친구와 놀고, 좋아하는 사람과 데이트하고. 모모네는 지금도 간지와 같이 있다고 생각하면 역시 부럽다.

"료마 선배, 기후 위기 이외에는 뭐에 흥미가 있어요?"

"그러고 보니 히나타, 동아리 활동 안 해? 애초에 어느 학교인지도 듣지 않았네."

"학교, 몰라요? 교복 보면 알 텐데."

"그런 쪽에 흥미가 없어서."

"마쓰카와고등학교 1학년인데요."

"과연."

과연? 왠지 날 무시하는 것 같다. 어차피 나는 사쿠라기학원에 불합격한 인간이야, 하고 상대방은 알지도 못하는데 나쁜 소리를 하고 싶은 마음을 감추고 말했다.

"우리 학교에는 기후나 환경 문제를 생각하는 그런 동아리는 없어요."

"그렇다면 우리랑 같이 C역에 서면 되겠네."

료마 선배가 아무렇지 않게 말했다. 그런 것쯤 아무 문제 없다는 듯이.

"그래도 돼요? 사쿠라기학원 학생이 아닌데?"

"No problem. 단, 물병은 필수야. 그거 아야가 제일 엄격해."

노 프라블럼의 발음이 원어민 같아서 조금 재수 없었지만, 제안해 준 것에 기분이 좋아졌고 한편으로 나도 단순하다 싶어 질렸다. 료마 선배, 의외로 다정한 면이 있는 사람인가 보다.

"두 번째와 네 번째 금요일이죠. 그런데 왜 금요일이에요?"

그런데 내가 이렇게 묻자, 노골적으로 눈살을 찌푸리고 혀를 찼다.

"진심으로 묻는 거야? 설마 Fridays For Future를 몰라? 제대로 생각하는 거 맞아?"

지금 한 생각 취소. 다정하기는 개뿔.

"아무튼 올 거면 다음 주 금요일 4시부터니까."

그때 마침 료마 선배가 내릴 역에 도착했다. 발끈해서 대답이 늦었다. 료마 선배는 그대로 전철을 내렸다. 문이 닫혔다. 이쪽을 돌아보지도 않았다.

스마트폰을 꺼내 검색해서 위키피디아 문서를 읽었다.

Fridays For Future, 줄여서 FFF란, '미래를 위한 금요일'이란 뜻이다. 스웨덴 환경 활동가 그레타 툰베리가 기후 변화에 관한 스웨덴 의회에서 제안한 것에 전 세계 사람들이 찬동하면서 창설된 국제적 풀뿌리 운동이라고 한다. 그레타 툰베리는 TV에서 본 적 있다. 어른들에게 화를 내고 있었다. 비행기를 타지 않고 대서양을 요트로 이동하는 장면도 있었던 것 같은데…….

우리도 화를 내야 할까. 기후 시계의 숫자가 또 생각났다. 시부하치 박스에서 처음 본 이후로 수치가 얼마나 줄었을까. 숨을 후욱 들이마시고 메시지를 보냈다.

다음 주 금요일, 갈게요!

그 시계를 봤으니까 열받아서 싫다는 소리를 할 상황이 아니라고 생각했다. 그러니까 나도 역 앞 광장에 서기로 했다.

5.

가족도 설득 못 하는 무력함이라니

몰랐다. 그레타 툰베리 같은 사람의 이름은 알고 있었지만. 일본에서도 젊은 사람들이 이렇게 여러 방면에서 활동하고 있었다니. 사쿠라기학원 환경 문제 연구회 사람들이 특이한 게 아닌가 보다.

이것이 Fridays For Future Japan 사이트를 살펴본 내 감상이었다. 각지에 그룹이 있고 Japan 대신 지명이 들어간다. Fridays For Future Tokyo나 Fridays For Future Sendai처럼.

인스타그램을 몇 군데 팔로우하고, 지금까지 한 활동도 살펴보았다. 요 몇 주간 책을 읽고 료마 선배와 대화를 나눠서 조금은 이해했다고 생각했는데, 아직 모르는 것이 많다는 걸 새삼스레 알았다.

한 가지 결심했다. 기후 변화, 아니 기후 위기에 대해 주변 사람들에게 제대로 말해 보자고. 이런 생각이 들어서인지, 지금까지 신경 쓰지 않았던 것이 눈에 보이기 시작했다.

토요일 아침에 있었던 일이다. 엄마가 부엌 냉장고를 열고 낫토를 꺼냈다.

"앗, 소비기한이 지났네."

엄마는 포장된 낫토를 그대로 쓰레기통에 넣었다.

"조금 지난 건 괜찮아. 아깝잖아."

내 말을 듣고 엄마가 발끈한 표정으로 노려보았다.

"배탈 나면 어쩌려고!"

"플라스틱도 문제지만, 식품 손실도 줄여야 해."

식량이 부족한 나라가 있다는 이유만이 아니다. 일본에서 식품 폐기물은 소각 대상이므로 이산화탄소가 발생한다. 매립하는 나라도 있는데, 그러면 메탄이 발생한다.

엄마 표정이 걱정스러워졌다.

"히나타, 무슨 일 있니? 갑자기 왜 이래?"

"아무 일도 없는데, 잘 생각해야 해. 지구 환경 문제."

"그러면 네가 냉장고 식품을 자주 확인해. 엄마는 일 때문에 바쁘니까."

"확인할게!"

엄마 말에 나는 발끈해서 응수했다.

저녁에는 또 저녁대로 모리오가 더 달라고 해 놓고서 카레를 남겨서 화가 났다. 아빠가 에어컨 온도를 너무 낮추는 것도 신경 쓰였다. 애초에 우리 집, 쓰레기가 너무 많이 나오지 않나?

심지어 뭘 지적해도 시끄럽다고 할 뿐이었다.

"짜증이 잔뜩 난 것 같은데 학교에서 뭐 안 좋은 일 있었니?"

"그런 거 아니야. 이대로는 위험하단 말이야. 지금 자제하지 않으면 큰일이 생겨."

"아아, 정신없으니까 그만 말해. 바쁘니까. 모리오, 너도 빨리 목욕하고 와!"

불똥이 튀었다며 모리오가 나를 노려보았다.

남동생은 몰라도 부모님에게 불평하긴 힘들다. 무슨 말을 해도 나는 아직 자립하지 않았으니까 아무래도 말에 무게가 실리지 않는다.

주변 사람들에게 제대로 말해 보겠다는 결심은 가족을 대하며 금세 흔들렸다. 가족에게도 자기 생각을 제대로 전달하지 못한다니, 내가 무력하다는 생각이 들어 분했다.

정말이지 그레타, 대단하다.

료마 선배는 어떨까. 부모님과 싸우기도 할까. 아니면 부모님도 비슷한 생각을 하는 분일까. 아야 선배는? 똑똑해 보였으니까 부모님도 깨어 있는 사람일지도.

어휴, 숨을 내쉬었다. 이와 전혀 다른 생각도 들었다. 고기, 특히 소고기는 환경에 큰 부담을 준다. 인간이 고기를 먹기 위해 키우는 가축의 2퍼센트가 소. 소는 인간보다 곡물을 대량 소비한다. 게다가 소의 트림에서 온실 효과 가스인 메탄이 배출된다. 두툼한 스테이크는 없어도 괜찮은데, 그래도 나는 고기를 좋아한다. 고기를 꾹 참을 수 있을까. 조금, 어려울 것 같아…….

월요일은 날씨가 끄물끄물했고 기온에 비해 습도가 높았다. 푹푹 찌는 아침이었다. 에어컨을 켠 교실에 들어가자 역시 마음이 놓였다. 막 들어갔을 때는 여전히 더워서 무심코 책받침으로 펄럭펄럭 부채질하게 되지만, 설정 온도를 조금 더 높이는 편이 좋지 않을까. 수분 보충을 하려고 물병을 꺼냈다. 내 옆자리에 앉는 남학생 운노 소타가 그걸 힐끗 보고 물었다.

"뭐 들어 있어? 커피?"

"물인데."

"생수를 사서 굳이 거기에 옮겼어?"

"그냥 수돗물이야."

"맛없지 않아?"

"생수를 안 사려고 하거든."

"엥? 히나타, 그런 사람이었구나."

"그런 사람이라니?"

"의식이 깨어 있는 사람 말이야. 대단하다, 훌륭해!"

칭찬 이면에서 가벼운 멸시를 느꼈다. 료마 선배나 동료들도 이런 식으로 보일까. 지금 소타에게 제대로 말해야 한다. 기후 위기에 대해서. 그러나 나는 그러지 못했다. 상대의 냉담한 시선에 겁먹었을 뿐이다.

점심시간, 시즈호에게 투덜거렸다.

“아침에 이거 꺼냈더니 소타가 대단하다고 하더라. 그거 비꼬는 거잖아.”

“신경 쓰지 마.”

“신경 안 쓰는데 신경 쓰여.”

“뭐야, 그게. 의미 모호.”

“그러니까 들은 말은 신경 안 써. 하지만 지금 상황은 신경 쓰여. 생각 없는 사람이 너무 많으니까.”

이런 식의 말투, 조금 창피하다. 한 달 전의 너는, 같은 소리를 들으면 부끄러울 따름이다.

“나, 히나타 네가 물병 가지고 다니는 거 보고 따라 했어.”

시즈호가 자기 남색 물병을 들고 싱긋 웃었다.

“진짜로?”

의외였고 기쁘기도 했다. 그래서 용기를 내 물었다.

“이번에 사쿠라기학원 학생들 사이에 섞여 스탠딩 시위를 하기로 했어.”

이건 역시 별로라고 생각할까, 살짝 불안했지만.

"그거 금요일이었지?"

전에 한번 슬쩍 제안했던 것이 생각났다. 고개를 끄덕이고 Fridays For Future를 간략하게 설명했다. 제대로 설명했는지 자신 없었는데, 시즈호가 이렇게 말했다.

"그러고 보니 일본에서도 매년 수해가 심각하지. 제대로 생각해야만 해. 생각으로 그치지 말고 플라스틱 쓰레기를 줄여야 하고."

서서히 기쁨이 밀려왔다. 내 말이 전해졌다고 생각했으니까.

"그래도 시즈호, 금요일은 안 되지?"

"응, 매주 금요일에 동네 절에서 어린이 식당 일을 돕거든. 요리하는 것도 돕고 아이들에게 공부를 가르치거나 그림책을 읽어 주는 것도 조금 해."

"……시즈호, 자원봉사하고 있었구나?"

나는 시즈호를 뚫어지게 바라보았다. 솔직히 말하면 가볍게 한 방 얻어맞은 기분이었다. 나는 뭐랄까, 시즈호를 다정하긴 해도 태평한 사람이라고 여기지 않았던가. 조금은 시건방지게 내려다본 것 같다…….

"그보다는 나를 위해서야. 사실은 말이야, 일주일에 한 번 먹을 걸 제공한다고 뭐가 되겠나 싶어. 게다가 고등학생이 할 수 있는 일은 한정적이고, 애초에 자기만족이 아닌가 싶어서."

"자기만족?"

그렇다면 스탠딩 시위는 어떨까? 한 사람이라도 흥미를 느껴 준다면……. 역시 이것도 자기만족일지도 모른다.

"개인의 선의만으로는 근본적인 해결이 되지 않지."

나도 고개를 끄덕였다. 끄덕이긴 했지만, 그와는 다른 생각도 있었다.

"왠지 분하다."

"분하다고?"

"시즈호가 한 말도 옳다고 생각해. 기후 변화 문제도 좀처럼 우리 목소리가 전해지지 않으니까."

그렇게 말하고 한숨을 쉬었을 때, 조금 떨어진 곳에서 목소리가 들렸다.

"브라질에서는 산불이 늘었는데, 그것도 기후 위기 때문이야."

엘레나였다. 언제부터 듣고 있었지?

"브라질?"

"친척이 있거든. 우리 아빠가 브라질 사람이라서."

나는 이번에는 엘레나를 빤히 바라보았다. 혹시 이름이 '엘레나'인 것도 그것과 관련 있을까? 하지만 엘레나의 외모는 외국 피가 섞인 느낌이 아니었다.

"그랬어? 전혀 몰랐어."

나는 알고 있었냐는 듯이 시즈호를 봤고, 시즈호도 고개를 저었다.

"그래봤자 나는 일본에서 태어났고, 아빠도 원래 일본계니까 외모는 평범한 일본인으로 보여. 아빠는 일본어를 잘 못 하지만."

그건 그렇고, 이렇게 듣지 않으면 모르는 일도 있구나 싶었다. 왠지 재미있어서 킥킥 웃었다.

"히나타, 뭐가 웃겨?"

"조금 기뻐서."

"뭐가? 확실히 말해!"

엘레나의 추궁하는 말투에 또 웃음이 치밀었다. 엘레나의 말투는 때때로 세다. 그래도 나는 웃기만 하고 기쁘다고 한 이유를 말하지 않았다. 기뻤던 이유는 시즈호는 물론이고 엘레나와도 친구가 될 수 있겠다고 생각했기 때문이다. 솔직히 엘레나의 입에서 기후 위기 같은 말이 나올 줄은 몰랐다.

엘레나가 갑자기 진지한 표정을 짓더니 말했다.

"히나타, 요즘은 지루해하는 것 같지 않네."

"나도 동감."

시즈호가 눈동자를 데구루루 굴렸다. 시즈호도 그렇게 생각했었다니.

그래도 사쿠라기학원에서 떨어진 것, 즉 이 학교가 제1지망이 아니었다고는 말하지 않았다. 이제야 여기도 괜찮겠다는 생각이

들었으니까. 지금도 가끔은 주눅이 들긴 하지만 말이다.

"나, 금요일은 아르바이트인데, 여름방학에는 그 스탠딩 시위? 같이 해도 될까?"

"나도 할래."

시즈호가 말했다. 내 마음이 뜨겁게 달아올랐다.

나는 무력한 사람이 아닐지도 몰라. 미약한 힘이지만 무력하지 않아!

금요일. 나는 처음으로 C역 앞 광장에 섰다. 나 혼자 교복이 달라서 열등감을 느꼈지만, 역시 그런 소리를 하고 있을 상황이 아니니까.

사쿠라기학원 환경 문제 연구회 멤버 중에서 제일 먼저 대화를 나눈 사람은 료마 선배였다. 일주일 전에 우연히 시부야에서 마주쳤고 요요기 공원에서 소나기를 만났다. 집이 같은 노선이어서 함께 돌아오기도 했다. 그런데 이날은 료마 선배가 보이지 않았다. 조금 실망했다. 그래도 마음을 다잡고 아야 선배에게 조심스럽게 말을 걸었다.

"같이 서도 괜찮을까요?"

아야 선배가 환하게 웃었다.

"물론이지."

아야 선배가 조금 옆으로 비켜 줘서 그 옆에 섰다. 가방에서 어제 준비한 피켓을 꺼냈다. 골판지에 빨간 매직으로 'STOP! 기후 위기'라고 적었다. 나름 과감하게 적었는데 글자가 작았고, 크기도 아야 선배나 다른 멤버들의 것보다 한참 작았다.

한동안 가만히 서 있었는데, 침묵하는 것도 좀 그래서 아야 선배에게 말을 걸었다.

"저기, 우리 반에 아버지가 브라질 사람인 친구가 있는데, 산불 이야기를 했습니다."

"히나타라고 했지? 너무 정중하게 대하지 않아도 돼. 편하게 말해."

"아, 네."

"브라질은 아마존 삼림이 점점 줄어들고 있어. 아마존도 그렇고, 습지대에서도 불이 나기도 해."

"습지대에서요?"

"물 부족. 또 중앙아시아에 있는 호수인 아랄해는 지난 50년간 아주 작아졌어."

"가뭄 때문에요?"

"무분별한 수자원 이용 때문이라고 해. 소금 호수여서 염해도 심각하대. 경제를 우선해서 사방에서 무리한 개발을 계속했으니까."

그렇게 한참 대화를 나눴다. 아야 선배는 아는 것이 풍부해서 많이 배웠다. 산호 백화로 산호초가 사라지면 물고기가 살 곳을 잃어 많은 수생 생물에게 영향을 미친다거나, 아보카도는 재배할 때 물을 대량으로 써서 생산지에 물 부족을 유발한다거나, 아직 모르는 것이 많았다.

식량 이야기도 나왔다. 아야 선배는 동물성 식품을 전혀 입에 대지 않고 가죽 제품도 사용하지 않는 비건까지는 아니어도, 고기는 거의 먹지 않는다고 한다.

"나도 고기를 좀 줄일까 하고요."

대답은 했지만 얼굴이 조금 굳어졌다. 환경에 제일 좋지 않은 소고기는 참을 수 있을 것 같은데, 고기를 아예 먹지 않는 것은 역시 힘들다. 가끔은 먹고 싶다.

"요즘은 마트에서 콩고기 같은 것도 많이 팔고 있어."

"……도전해 보겠습니다."

또 말이 정중하게 나왔다. 아야 선배는 차분하게 웃으며 말했다.

"할 수 있는 일부터 해 봐야지."

"아야는 이 스탠딩 시위를 혼자 시작했어."

뒤에서 목소리가 들려 돌아보자, 료마 선배가 서 있었다.

"맞아. 아야는 진짜 대단해."

이렇게 말한 사람은 소라이 마도카 선배다. 단발머리에 동글동글한 얼굴, 이름은 조금 전에 들었다.

"하나도 대단하지 않아. 내가 무슨."

"대단하다니까. 공부도 잘하고, 학교에서도 도시락 업체에 제안해서 플라스틱 빨대를 쓰지 않게 했어. 게다가 혼자 이렇게 서다니, 어지간해서는 못 하는 일이지."

이번에는 아메미야 고스케 선배다. 역시 몇 분 전에 이름을 알았다.

나는 감탄 어린 눈으로 아야 선배를 봤다. 용기가 대단한 사람이다. 머리가 좋으니까 자신감도 있는 걸까? 이 사람과 비교하면 나는 형편없다. 기후 위기에 관해 이야기를 나눈 사람도 시즈호와 엘레나뿐이다.

"그래도 료마가 바로 참여해 줬잖아. 기뻤어."

아야 선배가 료마 선배를 보며 웃었다.

"그건 나도 마찬가지야."

료마 선배도 다정한 눈빛으로 아야 선배를 바라보았다. 내게는 보여 주지 않는 표정으로. 두 사람의 시선이 정확하게 마주친 것 같았다. 시선뿐 아니라 마음도 마주쳤다고 해야 할까, 마음이 통한 느낌이다. 어쩌면 이 두 사람, 그런 사이일까?

"나는 이 두 사람이 신경 쓰여서. 처음에는 말 걸기 어려웠는데, 용기 내서 아야한테 물어봤어. 같이 서도 되냐고. 그런 다음에 바로 고스케가 들어와서 네 명이 됐어. 그런데 오늘은 히나타가 와

준 거야."

"전 외부인이라 별 도움이 되지는 않을 텐데요."

"외부인인 게 무슨 상관이야."

료마 선배가 불쑥 끼어들었다.

"그럼! 환영해. 히나타. 1학년이지? 우리 학교 1학년에게도 권유하지 못했는데 이렇게 와 줘서 정말 기뻐."

아야 선배가 진심으로 기쁜 듯이 말했다. 덕분에 나도 기뻐졌다.

"고스케네 집은 지붕에 태양열 패널을 달았어. 그걸 듣고 아야가 부러워했지. 아무래도 부모님한테 부탁해서 쉽게 할 수 있는 건 아니니까."

마도카 선배가 말하자 고스케 선배가 고개를 끄덕였다.

"재생 가능 에너지, 일본은 보급률이 뒤처졌으니까. 우리는 마침 엄마가 탈원전 운동을 했거든."

상업 빌딩과 개찰구를 연결하는 이 광장에는 다양한 사람이 오간다. 반응도 제각각이다. 냉담한 시선, 따스한 시선, 눈살을 찌푸리거나 부드러운 표정을 짓거나. 웃음의 종류도 다양했다. 냉소도 있고 호의적인 미소도 있다. 그러나 제일 많은 것은 무시다. 마치 우리가 보이지 않는 것처럼 지나간다. 정말로 보이지 않는 걸 수도 있다.

그래도 아주 가끔 관심을 보이는 사람도 있다. 느낌상 여자가 더 많았다.

나는 아야 선배에게 물어보았다.

"저기, 가족분들은 어때요?"

아야 선배의 얼굴이 흐려졌다. 시선도 아래로 내려갔다. 대신 마도카 선배가 말했다.

"부모님 세대는 위기감을 별로 못 느껴. 자기 일이 아닌 것처럼."

"그렇죠!"

나도 모르게 목소리가 커졌다. 마도카 선배와 맞아, 그러니까요, 라며 떠드는데 아야 선배가 고개를 숙인 채 입을 열었다.

"우리 집은, 이런 건 좀 아니지 않냐고 해. 우리 아빠, 이른바 대기업에 다니는데 경제 성장을 최고로 생각하는 사람이야. 그러니까 탐탁지 않은 것 같아. 어린애가 뭘 아냐고도 하고."

"그렇구나……."

의외였다. 당연히 가족과 함께 기후 변화에 관해 이야기를 나눌 줄 알았다. 내가 품은 이미지에 어울리는 쪽은 고스케 선배의 가족인 것 같다.

"아동 권리 조약이 있지."

"아, 네."

들어 본 적 있는 것 같다. 그래도 자세히는 모른다.

"여러 권리 중에는 의사 표현의 권리도 있는데, 이걸 아는 어른이 별로 없어. 우리 아빠는 전형적인 예야. 누구 덕분에 잘 먹고 잘 사는 줄 아냐고 해."

"……그래도 이렇게 서는군요. 대단해요."

"그야 우리 미래가 걸렸으니까. 부모님보다 몇십 년이나 더 살 가능성이 높잖아. 이대로는 훨씬 더 혹독한 환경에서 살아야 하니까 조금이라도 낫게 만들고 싶어. 그러니까 빨리 부모님에게서 독립하고 싶어. 그래도 공부는 하고 싶으니까 대학에 보내 달라고 할 거지만."

이렇게 확실하게 자기 생각을 말하면서도 아야 선배는 다른 멤버들과 비교해 고개를 숙이고 있었다. 내 마음이 전해진 건 아니겠지만, 아야 선배가 조금 목소리를 낮추고 말했다.

"나, 사실은 굉장히 소심해. 그게 꽤 콤플렉스야. 그래도 소심한 성격도 극복할 정도로 큰일이라고 생각했어."

소심하다고? 이렇게 박식하고 생각이 깊고 말에도 설득력이 있고 동료들이 대단하다고 인정하는 사람이? 콤플렉스 같은 건 전혀 없어 보이는데.

"나도 콤플렉스 덩어리예요."

"그렇게 안 보이는데? 히나타는 눈에 힘이 있어. 부러워."

"눈에 힘이요? 그런 말 처음 들어요."

"나는 사람 눈을 똑바로 보는 게 서툴러. 흔히 말하잖아. 사람

눈을 보면서 말하라고. 여기 서기 시작하고서는 조금은 할 수 있게 됐는데, 지금도 긴장하지 않으면 자꾸 고개를 숙이게 돼. 그런데 왜 상대의 눈을 봐야만 할까? 눈을 보고 말하지 않으면 켕기는 게 있는 거라니, 남의 마음을 마음대로 판단하지 말았으면 좋겠어."

아야 선배는 그런 말을 솔직하고 담담하게 했다. 신입인 연하, 다른 학교 학생인 나에게. 좋은 사람이구나.

사람의 감정은 정말 다양하다. 초등학생 때 상대의 눈을 보고 말하라는 말을 듣고 나는 순순히 그렇게 했지만, 누구든 서툰 것은 있다.

그건 그렇고 지금 내가 들은 눈에 힘이 있다는 말. 칭찬이라고 생각하기로 했다. 내 생각에 세상일은 전부 양면적이다. 예전에 엄마가 자주 말했다. 장점은 단점, 단점은 장점이 된다고. 신중함과 겁 많음. 대담함과 무모함. 시원시원 말하는 것과 거침없이 툭툭 말하는 것. 우리 엄마도 가끔은 괜찮은 말을 하네. 꼭 그래서는 아니지만 집에서도 좀 더 기후 변화 이야기를 해야겠다.

첫 스탠딩 시위를 무사히 마무리하고 골판지 피켓을 정리하는데, 웃으며 대화하는 료마 선배와 아야 선배가 보였다.

"분위기 좋아 보이지."

뒤를 돌아보자, 마도카 선배가 두 사람을 보며 방긋방긋 웃고 있었다. 나는 그렇다는 느낌으로 웃었다. 역시 저 둘은 그랬구나.

그날, 나는 료마 선배와 함께 집에 갔다. 집이 비교적 가까우니까 자연히 그렇게 됐을 뿐이지만……. 아야 선배와 같이 가지 않느냐고 물어볼까, 하는 생각이 들었다. 그래도 쓸데없는 참견일 테니까 그만두었다.

"오늘은 고마웠어."

갑자기 들린 말에 무심코 걸음을 멈췄다. 이 사람도 고맙다는 소리를 하는구나. 허둥지둥 대답했다.

"나야말로요. 외부인인데."

"그런 소리, 앞으로는 하지 마. 관계없잖아."

나는 고개를 끄덕였다. 조금 기뻤다. 나를 동료로 여겨 주는 것 같다.

"……아야 선배, 멋있어요."

"그렇지. 그 녀석은 대단해. 행동력이 있고 공부도 열심히 하고 선생님들한테 신임도 받고."

그런 면은 내가 알 수 없는 것이다. 학교가 다르니까. 관계없다는 말을 들어도 이럴 때면 역시 외부인이라는 생각이 든다. 게다가…… 아야 선배 이야기를 할 때는 기뻐 보이고, 솔직하고 넉살 좋게 칭찬한다.

"사촌의 남자 친구도 아야 선배를 우수하다고 했었는데."

"간지? 그 녀석은……."

료마 선배가 뭔가 말하려다가 입을 다물었다.

"그 사람, 잘 알아요? 뭐 문제 있어요?"

"아니, 그런 건 아니야. 여자들한테 꽤 인기 좋고."

즉, 인기남이라는 소리다. 그런 사람이 모모네를 선택했다. 왠지 가슴이 뜨끔했다. 간지 같은 사람은 내가 좋아하는 타입도 아니고 오히려 거북하지만, 역시 조금 부럽긴 하다. 그래도 료마 선배, 왜 갑자기 입을 다물었을까.

"설마 양다리를 걸칠 인간은 아니죠?"

"그건 아닐 것 같은데."

모모네를 위해서도 좋은 사람이길 속으로 바라며 화제를 바꿨다.

"료마 선배는 이 활동을 하게 된 계기가 있어요?"

"역시 호주 생활이 컸지."

외국의 환경 의식이 높다는 뜻일까? 물론 나라에 따라 다르겠지만.

"사막화가 심각했어."

그건 일주일 전에도 언뜻 들었다.

"달의 사막이라고 하면 왠지 로맨틱한데."

"현실이 되면 로맨틱이고 뭐고 없어."

"그럼 부모님은 반대 안 하세요?"

"우리 집은 특수할걸. 부모님이 대학에서 그런 연구를 하거든."

"아버지가요?"

"엄마. 너희 집은?"

"평범해요. 장바구니를 챙기는 수준으로 좋은 일을 한다는 느낌. 그래도 내가 하는 일에 반대하진 않을 거예요. 아무튼 기후 위기 이야기도 좀 더 해 봐야겠어요. 아야 선배는 아버지가 탐탁지 않아 한다고 했죠."

"그렇지. 그러니까 더 대단하다고 생각해."

료마 선배가 부드러운 표정으로 말했다.

"그렇죠."

"그 녀석, 빨리 어른이 되고 싶다는 소리를 자주 해."

시즈호도 같은 말을 했던 것이 생각났다. 두 사람이 하는 일은 다르지만, 요컨대 어린애는 힘이 부족하다는 것이다.

"기후 변화의 영향을 오래 받는 건 우린데, 발언권이 별로 없다니 억울해요. 이대로는 더 심각한 상황이 될 텐데."

게다가 우리 이후로도 미래는 이어진다. 자녀나 손주, 그보다 더 미래. 인류가 멸망하지 않는 한이라고 생각하자 오싹했다. 인류가 멸망한다? 그래, 언젠가 멸망한다. 어쩌면 지구에 사는 다른 생물을 위해서는 그러는 편이 행복할지도 모른다. 그래도 역시, 그건 너무 속상하잖아.

다음 금요일은 스탠딩 시위가 없으니까 시즈호가 자원봉사 활동을 하는 어린이 식당을 견학하러 갔다. 절이라고 했는데, 예상과 달리 주변이 빌딩이라 밖에서는 절인 줄 바로 알 수 없는 곳이었다. 식당으로 쓰는 곳은 비교적 넓은 마루방으로, 긴 의자와 긴 탁자가 나란히 놓여 있었다. 식사는 6시부터 시작하니까 아직은 여유롭다.

나는 시즈호를 따라 2층으로 올라갔다. 이쪽은 다다미방이다. 두 개의 방 중간 문을 제거해서, 양쪽을 합치면 33제곱미터 이상은 되는 것 같다. 방 한쪽에 탁자가 있고, 어떤 아이가 공부하고 있었다. 반대쪽 구석에서는 게임을 하거나 누워 뒹굴며 만화책을 읽는 아이도 있었다.

"여기는 밥 먹기 전이나 먹은 후에 자유롭게 쉬는 곳이야. 지금은 아직 아이들이 적고 어린애들뿐인데, 금방 많아질 거야. 6시가 지나면 동아리 활동을 마친 중학생도 와. 대학생 자원봉사자가 공부를 가르쳐 줘."

시즈호를 아는 아이인가 보다. 초등학교 저학년인 여자애가 책을 읽어 달라면서 시즈호에게 달라붙었다.

"나중에. 지금은 식당 일 도와야 해서."

시즈호가 익숙한 듯 가볍게 달랬다.

"어린이 식당은 어디나 이래?"

"다른 데는 잘 모르지만 다양한 것 같아. 한 달에 두 번 운영하거나 공공시설에서 하는 곳도 있는 것 같고, 찻집이나 음식점을 경영하는 사람이 하는 곳도 있고. 제일 먼저 시작한 사람이 아마 채소 가게 주인이었나? 그래도 여기처럼 장소가 넓은 곳은 적은가 봐. 우리는 학습 지원도 해. 또 어린이책 단체에서 기부받은 책도 있어서, 책을 읽어 주는 자원봉사자가 가끔 와."

우리는 다시 1층으로 내려왔다. 시즈호가 가방에서 앞치마를 꺼내 척척 몸에 두르고 부엌으로 들어갔다.

"안녕하세요. 오늘은 친구가 견학하러 왔어요."

부엌에는 여자 세 명과 남자 한 명이 있었다. 여자는 다들 우리 엄마와 비슷하거나 좀 더 위였다. 남자는 아직 젊어 보였다. 키가 늘씬하게 컸고 안경을 쓰고 머리에 수건을 둘렀다. 왠지 멋지다. 부엌에서 일하는 남자라니.

"안녕하세요. 실례하겠습니다."

내가 인사하자, 리더로 보이는 여자가 싱긋 웃고 "편하게 있으렴."이라고 말해 주었다.

"내가 공부를 더 잘했으면 아이들을 가르칠 수 있을 텐데. 히나타, 편하게 구경해. 나는 손질하는 것만 도울 테니까."

시즈호는 이미 이 분위기에 잘 섞였다. 교실에서 시즈호는 얌전하고 별로 눈에 띄지 않는 학생인데, 여기 있을 때가 훨씬 당당한 느낌이었다. 틀림없이 이곳이 시즈호에게 소중한 곳이라는 사실을 알 수 있었다. 게다가 이렇게 사람들을 돕고 있다.

부엌을 멍하니 구경하는 것도 심심하니까 뭔가 돕고 싶다고 말을 꺼내자 "그럼 탁자를 훔쳐 줄래?"라며 행주를 건네주었다.

긴 탁자를 순서대로 훔쳤다. 아주 사소한 일이지만 조금 기뻤다.

도중에 부엌일을 마치고 온 시즈호와 다시 2층에 올라갔다.

"시즈호, 아까 남자도 부엌에서 일했지."

"그 사람은 대학생이야. 교육학부."

교육학부라면 앞으로 선생님이 되려나?

그 후로 초등학생과 보드게임을 했다. 어려서 했던 추억의 인생게임이다. 그래도 예전에 했던 것과 조금 달랐다.

주변에서 먹으라고 권해서 밥도 같이 먹었다. 닭튀김, 샐러드, 된장국, 디저트도 있었다. 아이들이 좋아하는 푸딩이다.

다들 생글생글 웃었다. 다 같이 맛있는 것을 먹으면 사람은 웃게 되나 보다. 나도 마음이 따뜻해졌다. 동시에 이곳에서 자연스럽게 행동하는 시즈호가 멋있었다. 부럽기도 했다. 나는 요리는 엄마한테 전부 떠맡겼고, 아이들과 대화하는 것도 시즈호처럼 능숙하지 않다. 이런 점에서 나는 역시 무력하다 싶어 조금 타격을 받았다.

6.
울기 싫지만 울고 싶었다

내일 시간 있어? 히나랑 얘기하고 싶다.

모모네의 메시지에 'OK'라고 답을 보냈다. 모모네가 이렇게 연락할 때는 뭔가 고민이 있다는 신호인 줄 알고 있다. 내버려두고 싶은 마음도 있다. 충실하고 행복하게 지내는 애니까. 그래도 역시 무시할 수는 없다.

약속 장소인 C역 카페에는 내가 먼저 도착했다. 오늘은 금요일이 아니니까 당연한데, 개찰구를 나온 광장에 그들은 없었다. 다음 금요일이 기다려진다.

조금 지나자 모모네가 왔다. 그런데 혼자가 아니었다. 모모네의 어깨에 팔을 두른 간지가 있었다. 얘기하자며, 뭐 상의하고 싶었던 거 아니야, 하는 의문은 삼켰다. 그냥 남자 친구를 자랑하고 싶을 뿐이었냐고 혀를 차고 싶지만 그것도 어떻게든 참았다.

모모네는 인상이 확 달라졌다. 머리가 짧아졌다.

"머리 스타일 바꿨네?"

"맞아."

활짝 웃는 모모네는 화장도 꽤 본격적으로 했다.

"잘 어울리지? 내가 스타일을 정해 줬어."

간지가 의기양양하게 말했다. 확실히 귀엽다. 그게 머리 스타일 때문인지 화장 때문인지, 사랑에 빠져서인지는 모르겠다.

간지가 다가온 점원에게 음료를 주문했다.

"시트러스 진저에일 두 개요. 이거 모모네, 틀림없이 좋아할 거야."

"엥?"

나도 모르게 반응했다. 하지만 모모네는 생긋 웃고 있다. 간지, 지금 모모네한테 묻지 않았지? 자기 마음대로 주문했지? 그런 의문이 표정으로 드러날 것 같아 고개를 숙였다. 모모네는 괜찮은 눈치였으니까…….

나란히 앉은 두 사람은 때때로 시선을 주고받는다. 그때마다 두 사람의 입가가 부드러워진다. 서로 좋아하는 마음이 나한테도 전해져서 소외감 때문에 괴로웠다. 하지만 나를 만나고 싶다고 한 건 모모네잖아, 하는 마음으로 힐끔 봤는데, 시트러스 진저에일을 단숨에 마신 간지가 천 엔 지폐 하나를 모모네에게 건네고 일어섰다.

"벌써 가려고?"

"누구 좀 만나려고."

"누구?"

"일일이 묻지 말라니까. 나중에 메시지 보낼게. 히나타, 또 보자."

일단 상대가 연상이니까 고개를 까딱 숙였다. 하지만 이렇게 허물없는 소리를 들을 정도로 친하지는 않아 기분은 좀 별로였다.

"사이 좋아 보이네. 자주 만나?"

"같은 학교니까. 같이 하교하거나 영화도 보고."

둘이 봤다는 영화는 예전 모모네였다면 보지 않을 장르였다. 관심 분야가 넓어졌다면 괜찮지만, 어쩌면 간지에게 너무 맞춰 주는지도 모른다는 의문이 부글부글 끓었다. 저 사람이 시키는 대로 하는 거 아니야? 이렇게 물으면 화를 낼까?

"설마 남자 친구 자랑하려고 부른 거야? 오늘 둘이 오는 줄 몰랐잖아."

"미안. 히나타랑 만난다고 했는데 믿어 주질 않아서."

저번에도 그랬다. 그만큼 사랑받는다는 뜻일까. 왠지 묘하게 거슬린다.

"키스나, 그런 거 했어?"

"……그야, 뭐……."

모모네의 뺨이 금세 빨개졌다. 했네, 그렇구나. 벌써 고등학생이니까. 그래도 나에게는 미지의 영역이다. 남자와 사귄 적 없으니까.

그보다 진심으로 누굴 좋아한다고 생각한 적도 없다.

"그래도 좀 더 알아 가고 싶다고 해서."

"알아 가고 싶다?"

"진도를 더…… 나가고 싶다는데, 서로 좋아하는 사이면 당연한 일이래. 나보고 너무 겁이 많대. 그런 소릴 들으니까 그런가 싶어서."

하고 싶다면 하면 된다. 그래도 그렇게 말하지 않았다. 이렇게 말하는 것을 보면 고민한다는 뜻일 테니까. 그래서 가만히 있었다.

"히나타는 잘 모르겠지."

뭔데, 그건.

"모르지. 나는 모모네가 아니니까. 당연하잖아?"

"왜 화를 내?"

"할 얘기 있다고 사람 불러 놓고 넌 모르겠다고 하는 건 뭔데?"

"미안. 그럴 의도는 아니었어."

하지만 역시 나는 잘 모른다. 딱히 상관없다만.

고민이 진짜인 줄은 알겠다. 그래도 역시, 뭔가 날 무시하는 것 같아서 열받는다. '하지만'이라는 역접 접속사가 몇 번이나 머릿속을 왔다 갔다 했다.

"남자 친구, 뭐든 자기가 정하려고 하는 것 같아. 모모네 기분이 어떤지 말하지 못하는 거 아니니?"

"그렇지 않아! 간지는 나를 생각해서 말해 주는 거니까."

너야말로 화를 내잖아.

그래도 우리는 오래 알고 지낸 만큼 서로를 잘 아니까 언제 물러나야 하는지 안다. 문제 될 것 없는 대화를 나누고, 조금 어색하긴 해도 평온하게 헤어졌지만…… 역시 떨떠름했다.

나는 속이 좁다. 모모네가 날 내려다보는 것 같아서 기분 나쁘지만, 예전의 내가 모모네를 그렇게 대하지 않았다고 과연 말할 수 있을까? 여동생 같은 성격이고 응석받이여서 내가 하는 걸 따라 한다고 무시하지 않았던가?

모모네, 불안할 것이다. 좀 더 다르게 말해 줄 순 없었을까.

나는 집에 돌아와 모모네에게 메시지를 보냈다.

네가 하기 싫은 일은 하면 안 돼.

메시지 확인이 생각보다 늦었다. 온 걸 알 텐데. 봤을 텐데. 그런데 반응이 없다. 한참 지나서야 한마디가 왔다.

알고 있어.

그 메시지를 보고 가슴을 쓸어내렸다.

또 금요일이 와서 나는 스탠딩 시위를 하러 갔다. 아야 선배에게 간지에 관해 물어보고 싶었는데, 결국 묻지 못했다.

아야 선배는 마도카 선배와 시험 이야기를 나눴다. 이럴 때, 역시 나는 저 안에 끼지 못한다고 느낀다. 마쓰카와고등학교에서 누군가 와 줄 수 없으려나, 하지만 금요일은, 시즈호는 자원봉사가 있어서 안 되고, 엘레나도 아르바이트가 있다. 조금 거리를 두고 서 있는데, 누군가 말을 걸었다. 20대쯤으로 보이는 남자였다.

"이봐, 온난화라고 아무리 말해도 화산만 분화해 봐. 단숨에 기온이 내려갈 테니까."

"어, 그래요?"

시선이 마주쳤다. 순간적으로 상대의 눈동자가 흔들렸다. 그저 물어봤을 뿐인데, 눈에 너무 힘이 들어갔나? 그래도 그 사람은 곧바로 부자연스럽게 혀를 찼다. 위협하려는 것처럼 보였다.

"그런 것도 모르면서 온난화니 뭐니 주장하는 거야? 하긴, 어린애들 놀이니까. 애초에 그레타인지 뭔지 하는 꼬마도 요트로 대서양 횡단이라니, 웃기지도 않아. 그걸 쫓아다니는 매스컴도 자연 파괴 같은 짓을 하는 거잖아."

우쭐대는 남자 앞에서 나는 입을 다물었다. 약 올랐지만 화산 분화 같은 건 전혀 생각 못 했으니까 곧바로 받아칠 수 없었다.

그때 료마 선배가 끼어들었다.

"죄송합니다만, 당신은 화산 폭발이 일어나기를 바라나요?"

“그런 소리를 한 게 아니잖아.”

“화산 대분화는 분명 일시적으로 온도를 낮춰 줘요. 하지만 그것 자체가 대참사가 될 수 있어요. 그런데도 기온을 낮춰 줄 정도의 대분화에 기대를 걸고 온난화 대책을 세우지 않아도 된다고 하면 너무 어리석지 않나요? 그레타를 쫓아다니는 매스컴은 그레타의 책임이 아닙니다. 또 기후 변화를 진실이라고 여기지 않는 사람의 비율, 일본이 굉장히 높다는 걸 아시나요? 과학자들이 진지하게 논의해서 낸 결론인데도.”

담담한 설명에 상대가 움찔하는 것이 보였다.

“애들 주제에 길이나 막고 눈에 거슬린다고. 이쪽은 사는 게 얼마나 힘든지 알아?”

남자는 협박하는 것처럼 말하고는 어깨를 으쓱이며 가 버렸다.

“쳇, 인상 별로네.”

료마 선배가 중얼거렸다. 마도카 선배가 그 남자를 힐끔 보더니 나를 보고 위로할 생각인지 말을 걸었다.

“가끔 있어, 저렇게 시비 거는 사람. 히나타는 처음이라 놀랐겠지만 신경 쓰지 마.”

느긋한 말투에서 나를 폭 안아 주려는 다정함을 느꼈다. 고마웠지만 역시 분했다. 입장이 반대였다면 나는 이렇게 행동할 수 있었을까? 나의 또 다른 콤플렉스가 움찔했다.

게다가 나는 역시 제대로 반론하지 못했다. 그건 자세히 모르기 때문이다. 분해.

그로부터 30분쯤 지나 스탠딩 시위를 마무리했다.

문득 봤더니 료마 선배와 아야 선배가 진지한 표정으로 대화하고 있었다. 료마 선배가 아야 선배에게 보여 주는 표정은 역시 다정했다.

"그럼 다음다음 주 금요일에 또 올게요."

마도카 선배와 고스케 선배에게 말하자, 두 사람이 싱긋 웃었다.

"가끔 이상한 사람이 있지만 신경 안 써도 돼."

고스케 선배의 말에 알겠다는 듯 고개를 끄덕인 뒤, 꾸벅 인사하고 개찰구로 갔다. 오늘은 혼자 집에 가고 싶었다.

그런데 개찰구에 도착했을 즈음 료마 선배가 쫓아왔다.

"바빠? 소라이한테 물었더니 갔다고 해서."

"그런 건 아닌데 대화 중이었으니까."

무뚝뚝하게 대답했다. 그러다가 의아했다. 지금 소라이라고 했지. 마도카 선배는 이름이 아니라 성으로 부르네…….

전철에 빈자리가 있어서 나란히 앉았다.

"무슨 일 있어?"

"무슨 일이라니?"

조금 뾰족한 대꾸가 나왔다. 존댓말을 쓰기도 귀찮았다.

"기운 없어 보여서. 아까 그 이상한 사람 때문에 스탠딩 시위가 싫어진 건 아니지?"

"그런 건 아닌데."

"게다가 가만히 듣고만 있다니 너답지 않았어. 평소처럼 활기차게 받아치면 좋았을 텐데."

"어차피 활기 말고는 내세울 게 없다고 생각하지?"

나는 왜 이런 말이나 하는 거람.

"무슨 소리야?"

"받아칠 수 없었어. 그러니까 료마 선배가 도와준 거고. 사실은 마쓰카와고등학교 학생인 나 같은 거, 머리 나쁘다고 생각하지?"

"뭐야, 그게?"

"나는 화산 분화라는 말을 듣고 동요했단 말이야. 다들 나보고 아는 거 하나 없다고 생각하겠지. 위로해 준 마도카 선배나 고스케 선배도."

이런 소리는 하고 싶지 않다. 그런데 입이 멋대로 움직였다. 료마 선배가 숨을 후, 하고 내쉬었다.

"우리는 작년부터 열심히 공부했으니까. 나중에 공부하기 시작한 쪽이 모르는 게 많은 건 당연하잖아. 그보다 나는 히나타가 집중력이 뛰어나다고 생각해. 단숨에 많은 걸 공부했고 숫자에도 강하고."

어르고 달래는 것처럼 료마 선배가 천천히 말했다. 그래도 내 안의 뒤틀린 마음은 점점 부풀기만 했다.

“위로하지 않아도 돼. 만약 내가 같은 학교 학생이었다면 분명 료마 선배도 태도가 미묘하게 달라졌을걸? 날 바보 취급하지도 않았을 거야.”

분풀이다. 이런 소리를 하면 안 된다. 누구보다도 나 자신을 위해서. 잘 알고 있는데도.

“내가 널 언제 바보 취급했어?”

료마 선배의 목소리가 갑자기 커져서 주변 시선이 모였다.

“맨날 무시하는 것처럼 말하잖아.”

“그건…… 내 단점이어서, 태도가 거만해 보이는 게 내 콤플렉스야.”

콤플렉스? 순간 주눅 들었던 심정이 사라지고 료마 선배를 빤히 바라보았다.

“바보 취급할 생각은 없었어. 그래도 그런 취급을 당했다고 생각한다면, 정말로 바보라고 해 주지. 소속이 어디인지는 상관없잖아. 히나타, 너는 너니까.”

허울 좋은 소리다. 세상 그 누구도 학력 수준을 모르는 채 지망학교를 정할 수는 없다. 이웃 학교가 어느 정도 수준인지 당연히 알 것이다.

"아무리 그럴싸하게 말해도 어차피 나는 사쿠라기학원에 떨어진 인간이야."

"떨어졌다고?"

"그러니까 불합격했다고!"

"그건…… 운이 없었네."

운이 없었다? 그랬을까? 실력이 부족하다고 생각하지는 않았다. 당연히 붙을 줄 알았다. 그래도 떨어진 건 역시 내 탓이다. 나에게 부족한 것이 있었다. 주의력, 판단력, 뭔지는 모르지만 스스로 탓할 수밖에 없었다. 그래서 료마 선배가 별다른 의미 없이 입에 담았을 운이 없었다는 말에 조금은 마음이 편해졌다. 운이 없었다. 그럴지도 모른다.

"제1지망이었고, 모의시험에서도 내내 합격률 80퍼센트인 A 판정을 받았어. 사촌보다 언제나 내가 위였어. 기리시마 간지 선배랑 사귀는 모모네인데."

"알아. 스탠딩 시위할 때 봤어."

"우리 엄마랑 이모가 쌍둥이라, 그래서 일반적인 사촌보다 훨씬 가까워. 아무튼 모모네는 여동생 기질이 있어서 나한테 많이 기댔고, 내가 하는 걸 따라 했어. 내가 사쿠라기학원에 간다고 하니까 자기도 시험을 보겠다고 했어. 그런데 걔는 붙고 나는 떨어졌어. 게다가 금방 남자 친구도 사귀고. 사실은 분했어. 울고 싶을 정도로 속상했단 말이야. 하지만 울고 싶을 정도로 속상하니까 울고 싶지 않았어. 그러니까 울지 않았는데 역시 울고 싶었어."

"과연."

과연이라니 뭘 안다고 과연이야. 이쪽은 괴로운 심정을 토로하고 있는데. 그렇게 생각하면서도 웃음이 터지려 했다. 나는 고개를 숙인 채, 참지 못하고 킥킥거리는 소리를 냈다.

"울고 싶었다고 하면서 웃네."

어이없어하면서 안심한 듯한 료마 선배의 목소리에 괜히 더 웃음이 나왔다. 나는 간신히 진정하고서 해야 할 말을 했다.

"아까는 고마웠어. 참견해 줘서."

"뭐야, 그 미묘한 감사 표현은?"

료마 선배가 발끈한 표정을 지었다. 그래도 이런 거 왠지 좋다. 솔직해서.

"우리 엄마한테 배웠어. 참견은 자기 일이 아닌데도 하는 거니까 그만큼 마음이 담긴 거라고. 어차피 엄마도 어디서 들은 거겠지만."

"오호, 그거 꽤 괜찮네."

"그렇지?"

"다행이야. 평소의 히나타로 돌아와서."

어라, 나를 히나타라고 불렀어? 아니, 처음부터 그렇게 부른 것 같은데……. 그렇다면 나도 료마라고 부르면 어떨까. 아니다, 다른 학교인데다 남자 선배인데…….

7.

너무 뜨거워서 장대비를 맞았다

문득 정신을 차리면 생각하고 있다. 그 사람의 얼굴을 떠올리게 된다.

첫인상은 괜찮았다. 두 번째로 만났을 때는 뭔가 건방지고 싫은 녀석이라고 생각했고 날 바보 취급하는 것 같아서 화났는데, 그러다가 생각보다 편하게 대화할 수 있는 사람인 걸 알았다. 그랬던 관계였는데 갑자기 의미가 달라지는 일도 있나? 시부야에서 우연히 만나서 같이 요요기 공원을 걸었을 때, 이 사람은 남자라고 조금은 의식했다. 그래도 그 정도였다. 다른 남자랑 걸었어도 똑같이 생각했을 것이다.

좋아한다? 그런 식으로 생각해 본 적은 없다. 음, 정말로? 내 마음을 잘 모르겠다. 그런데 대체 왜지, 그날부터 이상하게 료마 선배를 생각하면 심장 박동이 빨라진다. 내 타입이 아니야, 내 타입이 아니야, 라고 되뇐다. 애초에 료마 선배는 아야 선배랑 사귀는 것 같은걸.

아야 선배를 볼 때의 그 다정한 표정이 생각났다. 아야 선배는 료마 선배의 소중한 동료이고 연인이고, 또 머리도 좋고 야무진 사람이다. 나 같은 건 이기지 못할 상대이다.

"왜 한숨을 쉬어?"

시즈호의 말에 정신을 차렸다.

"어? 뭐라고?"

도시락을 먹던 중이었는데 어느새 젓가락질도 멈췄다. 엘레나가 히죽거리며 내 팔을 찔렀다. 아버지가 브라질 사람인 걸 알게 된 후로 셋이 같이 있는 시간이 많아졌다. 그래도 엘레나는 여전히 고고한 분위기를 풍기며 다닌다.

"히나타, 되게 중증 같아."

"중증이라니? 무슨 중증?"

일부러 두 사람을 노려보고서 밥을 먹었다. 교실 창문 너머로 보이는 바깥 경치는 비 올 것처럼 끄물거리는 탓에 운동장 벚나무길이나 그 너머의 집들이 색을 잃어 뿌예 보인다. 찌무룩하지만 한창 장마철이니 어쩔 수 없다. 다음 스탠딩 시위하는 날에 비가 오지 않으면 좋겠다.

"신경 쓰이는 남자가 있어?"

엘레나의 말에 사레들릴 뻔했다. 너무 직설적이잖아. 그래도 한 남자의 얼굴이 떠오른 건 사실이니까 얼굴이 조금 뜨거워졌다. 들키지 않으면 좋겠다. 그래서 입으로는 다른 소리를 했다.

“신경이 쓰이긴 쓰여. 사촌의 남자 친구.”

“으아, 삼각관계?”

“설마. 말도 안 돼, 절대 그런 거 아니고. 조금 걱정이거든. 뭔가 강제적인 느낌이어서.”

“강제적?”

엘레나가 물었다.

“사촌이 마실 걸 자기 마음대로 정해. 이걸 좋아할 거라면서.”

“뭐야 그게?”

“말도 안 돼.”

시즈호와 엘레나가 동시에 말했다. 왠지 기뻤다. 내가 받은 느낌은 잘못되지 않았다. 아무리 사랑에 빠진 여자라도 역시 그건 아니다.

료마 선배 이야기도 조금 해 보고 싶어졌다. 그래도 역시 말하지 못했다. 그 사람과 나 사이는 그런 게 아니니까.

“시즈호는 신경 쓰이는 남자 없어? 엘레나는?”

내 쪽에서 물어보았다.

“그런 사람이 있겠니?”

시즈호의 강한 부정이 오히려 의심을 자극했다.

"어떤 타입이 좋아?"

"나는 편견 없는 사람이 아니면 안 돼."

엘레나가 말했다. '○○이 좋다가 아니라 ○○이 아니면 안 된다'라니. 엘레나답다.

"나는 과묵한 사람일까?"

시즈호의 말을 듣고 문득 어린이 식당에 견학하러 가서 본, 부엌에 있던 젊은 남자가 생각났다. 머리에 수건을 두르고 묵묵히 감자 껍질을 벗겼다. 그 사람은 대학생이야. 그때 시즈호가 말했다. 지금 생각하면 그 목소리, 살짝 들떴던 것 같다.

어라?

나도 모르게 눈을 껌벅였다. 아무도 없잖아? 요일을 착각했나? 설마. 가방 안에 골판지 피켓이 들어 있다. 빨간 매직펜으로 어제 쓴 메시지는 '기후 위기는 모두의 문제입니다'였다.

혼자서도 섰다는 아야 선배가 생각났다. 하지만 그걸 내가 할 수 있을까. 그래, 라인 메시지를 확인하자. 스마트폰을 꺼냈다. 혹시 료마 선배한테서 연락이 왔을지도 모르니까. 작게 한숨이 나왔다. 아무것도 없었다. 나만 다른 학교니까 연락을 주지 않았을지도 모른다고, 또 무심코 부정적인 생각에 빠지며 스마트폰을 넣는데 누가 어깨를 두드렸다.

"올 줄 알았어."

료마 선배였다. 웃고 있었다. 그 얼굴을 보니까 마음이 놓여 왠지 울고 싶어졌다. 혼자는 불안하다. 만나서 기뻤다.

"다른 사람은?"

"아야는 감기여서 학교를 쉬었어. 소라이는 동아리 활동. 원래 없는 날인데, 우리 부랑 겸해서 하는 육상부 임시 미팅이 잡혔대. 고스케는 급한 일이 생겼고. 하필 일이 다 겹쳤네."

우리는 나란히 섰다. 료마 선배의 옆얼굴을 힐끔 봤다. 혼자가 아니라 둘. 이렇게 마음이 든든하다니. 시선을 앞으로 돌리고 지나가는 사람들을 바라보며 물었다.

"료마 선배는 혼자라도 스탠딩 시위, 했을 거야?"

"아야가 했으니까 해야지."

"그렇구나."

"그래도 히나타가 올 줄 알았으니까. 다른 애들이 못 온다고 메시지를 보내려고 생각하긴 했어. 그랬다면 너도……."

"올 거야. 그래도 혼자였으면 나는……."

"둘이어서 다행이다."

아무렇지 않게 한 말에 두근거렸다. 둘이어서 다행이다. 둘이어서.

"인원을 더 늘리고 싶어. 친구한테 말은 했는데 동아리 활동도 있고."

"사촌은?"

"모르겠네. 데이트하느라 바쁠지도."

하늘을 올려다보았다. 근처 빌딩 뒤에 잿빛 구름이 깔렸다. 위험하다 싶었는데, 바로 그때 회색 돌바닥에 새까만 물방울이 생겼다. 그것이 순식간에 사라졌다.

료마 선배가 내 팔을 잡아당겨 지붕 있는 곳으로 달려갔다. 짧은 거리인데 꽤 젖었다.

"날씨가 수상하다 싶었어."

료마 선배와 비를 맞는 것은 두 번째다. 둘이 있는 것도. 집에 가는 전철을 제외하면 두 번째인 거지만. 오늘은 천둥 번개가 치지 않기를 바라며 물었다.

"료마 선배, 혹시 비를 부르는 사람이야?"

"저기, 료마 선배라고 하는 거 너무 딱딱하지 않아? 학교에서도 그렇게 꼬박꼬박 선배라고 부르는 사람은 잘 없거든."

그래도 학교가 다르고, 한 학년 위고……. 그보다 왜 이렇게 친근하게 굴지? 머뭇거리면서도 나는 역시 기뻤다.

"……그럼 뭐라고 불러?"

"이름이면 돼."

"료마…… 짱? 님?"

살가운 호칭으로 부르자 얼굴이 벌게졌다.

"님은 또 뭐야. 선배라고 붙일 필요 없어."

료마 선배는 조금 부루퉁하게 말했다. 모모네가 남자 친구를 간지라고 불렀던 게 문득 떠올랐다. 모모네가 그러니까 나도 그 사람을 그냥 간지라고 부른다. 료마 선배는 내 남자 친구가 아니지만. 그런데 마도카 선배는 소라이라고 성씨로 부르면서 다른 학교 학생인 나를 이름으로 부르는 건 왜지? 아니, 아니지, 이상한 기대는 머리에서 내쫓아야 한다…….

나는 일부러 다시 물었다.

"그래서 비를 부르는 사람이야?"

"모르겠네. 그래도 비가 많이 온다."

거세게 내리치는 비여서 지면에 떨어진 빗방울이 튀어 신발을 적셨다.

"진짜. 장마철 비 같지 않아."

"우산은?"

료마 선배가 물어서 고개를 저었다. 금방 그칠 줄 알았는데 비는 좀처럼 그치지 않았다.

"요즘 이런 비 많이 내리지."

"그러게. 기상청 사이트에서 극한기후 현상의 통계를 봐도 1시간에 50밀리(밀리미터, mm)나 80밀리 이상 비가 내리는 빈도가 확실히 늘었어."

극한 기후 현상은 비만 해당하는 것이 아니다. 폭염이 늘어나는 한편, 겨울이 짧아진다. 적설량도 감소 추세다.

"홍수가 날 것 같은 비가 오는데, 다른 지역은 가뭄이고."

"그런 일이 같은 지역에서 일어나기도 해. 게다가 이산화탄소를 별로 배출하지 않는 나라에서 그런 일이 생겨. 불합리하지. 온난화의 원인은 유럽이나 미국이나 일본 같은 선진국의 책임이 훨씬 큰데."

료마 선배를 슬쩍 올려다보았다. 눈썹이 바짝 모였다. 그렇게 보였다. 료마 선배의 얼굴을 보는데, 가슴이 두근거렸다. 이러다가 심장 소리가 들릴 것 같아 숨을 후욱 들이마셨다. 좋은 사람이다. 자의식만 강하게 내세우지 않고 분개한다니 멋지다.

마음속으로 말을 걸었다.

료마…….

정말 그렇게 불러도 돼? 내 얼굴이 점점 뜨거워졌다.

나는 훌쩍 광장으로 뛰어나갔다. 고개를 들었다. 여전히 비가 억수같이 쏟아져서 빗방울이 얼굴에 박혀 아플 정도다. 순식간에 얼굴도 옷도 젖었다. 그래도 뭐지. 기분 좋다. 뜨거워진 얼굴을 식혀 준다. 이 비, 사막으로 가지고 갈 수 있으면 좋겠다. 그래도 사막에 내리는 비는 순식간에 모래에 흡수되려나.

"뭐 하는 거야!"

료마가 내 팔을 당겼다.

"역시 분해."

"일단 지붕 아래로 돌아가자."

그래도 나는 움직이지 않았다.

"료마의 말이 맞아. 불합리해. 이 세상, 많은 게 너무 불합리해! 우리 미래, 어떻게 되는 거야? 그래도 나는 운이 좋은 거지. 밥을 먹지 못하는 애, 일본에도 있으니까. 전부 다 분통 터져."

"알았으니까 가자고."

료마가 강한 힘으로 팔을 당겼다. 눈이 마주쳤다. 일순간 주변이 멈췄다. 빗소리도, 사라졌다. 그래도 그건 정말 잠깐으로, 료마의 얼굴도 어깨도 순식간에 젖어 버렸다.

왠지 웃음이 차올랐다.

"있지, 나, 료마를 좋아하나 봐."

무슨 소릴 하는 거야, 나. 왜 웃는 건데, 나. 료마의 얼빠진 얼굴. 재미있다. 그래서 웃음이 북받쳤다.

"나, 나를? 왜?"

"그거야 모르지. 그런 마음이 들었으니까 어쩔 수 없어."

나는 또 웃었다. 정말로 기분이 좋았다. 뭐랄까, 사쿠라기학원에 떨어진 열등감이나 나 자신을 향한 오기나 떨떠름한 마음이 전부

세찬 장대비에 씻겨 내려가는 것 같다.

팔을 붙잡혀 간신히 지붕 아래로 돌아왔다. 지나가는 사람들이 이상한 눈으로 쳐다본다. 료마가 가방에서 타올지 손수건을 꺼내 내게 건넸다.

갑자기 몸이 떨렸다. 술에 취했다가 깨는 게 이런 느낌일까?

"고마워. 괜찮아."

나는 타올지 손수건을 돌려주고 내 가방에서 거즈 손수건을 꺼내 얼굴과 팔을 닦았다. 손수건이 금방 푹 젖어서 별로 도움이 되지 않았다.

전철이 붐볐다면 이대로 타는 건 민폐였겠지만 다행히 붐비는 시간이 아니어서 같이 전철을 타고 집에 갔다. 혼란스러운 틈을 탄 고백은 절대 화제로 삼지 않았다.

전철을 내리기 직전, 료마가 고개를 푹 숙인 채 입을 열었다.

"나는……."

그러나 말을 더 잇지 않고 그냥 내렸다. 문이 닫혔다. 나는 료마를 봤다. 료마는 나를 보지 않았다.

알고 있어. 아야 선배를 좋아하지? 아무 말 안 해도 돼.

료마가 완전히 시선에서 사라진 뒤, 맹렬하게 부끄러워졌다. 그런 식으로 고백하다니 나답지 않다. 말도 안 돼.

8.

소중한 사람이 살아 있다는 걸 긍정하기로 했다

없었던 일로 하고 싶다.

“진짜 바보 같아.”

자조적인 말이 나왔다.

“뭐라고 했냐?”

옆에 앉은 소타가 어리둥절해서 나를 바라보았다.

“별로.”

“히나타, 저번에 C역 앞에 서 있었지. 피켓 들고.”

날 봤어? 순간 몸이 움츠러들었다. 아니지, 보는 게 당연하지. 그게 아니라 보이기 위해서 서 있었다. 그래서 결심하고 말했다.

“스탠딩 시위라고 해.”

“대단하다.”

그렇게 말하는 소타의 말투는 깨어 있는 사람이라고 했을 때처럼 불쾌한 느낌이 아니었다.

“왜냐하면, 정말 위험하니까.”

그래서 나는 용기를 내 소타에게 메모를 건넸다. 료마가 처음 가르쳐 준 책이다.

"흥미가 있으면 이 책 읽어 봐. 학교 도서관에도 있으니까."

지금까지 시즈호나 엘레나에게는 스탠딩 시위 이야기를 했다. 친구니까. 한편 소타는 친구가 아니다. 이건 나로서는 아주 작은 한 걸음이다. 내 생각을 주변 사람들에게 제대로 말하지 못하면 안 되잖아?

소타는 대답하지 않았다. 읽지 않을지도 모른다. 그래도 메모는 받아 주었다. 그런 일이 있었던 덕분에 펴붓는 장대비 속에서 있었던 부끄러운 일을 조금은 잊었다.

엘레나의 도시락에 끝이 뾰족한 물방울처럼 생긴, 조금 독특한 크로켓이 들어 있었다.

"그거 맛있어 보인다."

그러자 나와 시즈호에게 하나씩 나눠 주었다.

"꼬시냐라고 해. 닭고기와 감자로 만든 브라질 크로켓이야. 어제 아빠 친구들이 와서 잔뜩 만들었어."

"맛있다."

겉은 바삭한데 안은 꽤 쫄깃쫄깃했다.

"맞다. 히나타 사촌, 그 후로 어떻게 됐어?"

시즈호가 물어서 나는 모르겠다는 듯이 고개를 갸웃거렸다. 한동안 모모네에게서 아무 얘기가 없었다. 역시 걱정되니까 나중에 연락해 봐야겠다.

"남자 친구가 있는 건 좀 부럽다."

시즈호가 한숨을 쉬며 말해서 살짝 파고들었다.

"누구 마음에 둔 사람 있어?"

시즈호의 얼굴이 조금 빨개졌다.

"없어. 너야말로 어떤데?"

예상하지 못한 반격에 움찔했지만 간신히 참았다. 머릿속에 떠오른 얼굴이 있긴 했다. 동시에 잊고 싶은 부끄러운 일이 되살아났다. 분명 어이없었겠지? 한동안은 만나고 싶지 않다. 아니다 역시 만나고 싶어. 하지만…….

"그 사람, 사귀는 사람이 있어서."

불쑥 말이 흘러나오고 말았다. 길게 숨을 내쉬었다. 하필이면 골라도 그런 사람에게 끌렸담. 그래도 정신 차렸을 때는 이미 내 마음에 둥지를 틀어 쫓아낼 수 없었다.

"그건, 안타깝네."

시즈호가 어딘지 마음을 담아 말했다. 아마 시즈호도 생각하는 사람이 있을 것이다.

"가로채지 그래?"

엘레나가 과격한 말을 했다. 긴장한 얼굴로 시즈호를 봤다.

"그것도 불가능할 때가 있어."

시즈호는 이렇게 대답했다.

"불가능하다고?"

"여성을 사랑하지 않는 사람이라거나."

시즈호가 왠지 무거운 한숨을 내쉬었다.

오랜만에 모모네의 집에 갔다. 방과 후에 만나자고 연락했는데, 오늘 감기로 쉰다고 했다. 사쿠라기학원에 요즘 감기가 유행하나?

심하지는 않으니까 오라고, 조금 응석 부리듯이 말해서 모모네가 좋아하는 과일 젤리를 가지고 찾아갔다.

"히나타, 오랜만이구나. 건강해 보이네."

환하게 웃으며 나를 맞이한 모모네의 엄마, 그러니까 이모는 생김새가 엄마와 똑 닮았다. 일란성 쌍둥이니까 당연하지만. 그래도 딱부러지는 성격의 엄마와 다르게 표정도 부드럽고 동작도 여유롭다.

"네, 걱정해 주신 덕분에요."

"모모네가 무슨 말 안 하니?"

"무슨 말요?"

"모모네가 사쿠라기학원에 들어간 건 요행이나 마찬가지잖니. 조금 걱정이야. 공부를 쫓아가긴 할지, 괴롭힘을 당하진 않을지."

"그렇지 않아요. 남……."

남자 친구도 생겼다는 말을 삼켰다. 이런 건 부모님에게 말하지 않겠지.

나는 얼버무리듯이 웃고 모모네의 방으로 갔다.

"감기 좀 어때?"

"그냥 괜찮아. 열도 거의 내렸고 내일은 갈 거야."

"이모가 걱정하시더라."

"심하지 않은 거 엄마도 아는데."

"그보다는 학교에서 괴롭힘당하지 않느냐고."

일부러 심각한 표정으로 말했으나 무리였다. 우리는 동시에 풉 웃음을 터뜨렸다.

"날 안 믿어. 우리 엄마, 히나는 신뢰하면서."

"남자 친구 얘기 안 했지?"

"할 리 없지."

"그 후로 어떻게 됐나 궁금해서."

"……참고 있는 분위기?"

모모네가 침대 위에 무릎을 세우고 앉아 무릎 위에 턱을 얹고 나를 바라보았다. 그렇게 하니까 귀엽다. 나는 이런 거 못 할 거다.

"간지가 화를 내긴 했어. 그래도……."

"그래도?"

"내 마음을 제대로 말해야 하니까."

"그렇구나. 그래서?"

"사흘간 연락이 끊겼어. 그러다가 그쪽이 화내서 미안하다고 했어."

"다행이다. 그래도 나 진짜로 걱정했어. 여자를 동등하게 대하지 않는 사람 같아서."

"……간지는 1학년 때 가자미 아야 선배한테 차였대."

아야 선배 이름을 지금 들을 줄이야, 조금 당황했다. 당황하다가 당황할 이유가 없다고 생각을 고쳤다. 그래도 머릿속에는 아야 선배를 보는 료마의 표정이 떠올랐다.

"아야 선배, 지금은 당당한데 1학년 때는 훨씬 소극적인 사람이었대."

"얌전하고 귀여운 사람을 좋아하는구나? 모모의 남자 친구."

"얌전한 사람이 좋으냐고 나도 물어봤어. 그랬더니 그건 아니라고 하더라. 아야 선배는 야무지고 생각 있는 사람인지, 간지가 남자로서 어쩌고저쩌고 같은 소리를 했더니 요즘 세상에 마초냐며 어이없어했대."

"마초?"

"마초이즘. 남성 우월주의."

"아하, 그렇군."

"간지는 네 남매 중 막내인데 장남이래. 드디어 아들이 태어났다고 할아버지가 얼마나 소중히 여기는지 모른대. 집에서는 왕처럼 자기 세상인가 봐."

"그래서 마초구나."

"나도 간지가 시키는 대로 할 뻔했어."

"안 돼. 아무리 더 좋아하는 사람이 약자가 된다지만 그러면 안 돼. 자기 마음을 소중히 해야지."

"나도 알아. 내가 좋아서 사귀는 사람이니까 더 좋아하는 사람이 강자가 되어서 교육할 거야. 좋은 남자이길 바라니까."

더 좋아하는 사람이 강자라는 말에 무심코 웃었다. 모모네는 내가 생각하는 것보다 강한가 보다.

"그러네."

"서로 소중히 아껴야지. 간지도 날 그렇게 생각하면 좋겠어. 그러니까 히나, 고마워."

그때 모모네의 스마트폰이 울렸다. 스마트폰을 본 모모네가 킥킥 웃었다.

"남자 친구?"

"응. 꿀 레몬 차를 마시래."

모모네를 소중하게 여기는 건 아마 확실한 것 같다. 간섭이 심한 건 마음에 걸리지만, 모모네를 믿고 지켜봐야겠지.

"응원할게."

"고마워. 역시 히나가 가장 믿음직스럽고, 제일 날 이해해 줘. 뭐든 다 말할 수 있어."

뭐든지 말할 수 있다, 그렇다면 나는 어떻지? 모모네에게 그렇게까지 솔직하진 않다. 예를 들어 마음에 드는 남자가 있다는 이야기 같은 거, 역시 말할 수 없다. 그래도 만약 짝사랑이 아니라면 말했을까?

그렇게 생각하자 가슴이 답답해졌다.

예년보다 훨씬 일찍 장마가 끝났다고 발표된 날 밤이었다.

나는 라인 화면을 빤히 바라보고 있었다. 아마도 10분 정도. 상대방의 화면에는 읽음 표시가 되었을 것이다. 무시한다고 생각할지도. 그래도 어쩌면 좋지? 그보다는 무슨 뜻이야?

이번 토요일, 영화 보러 가지 않을래?
지인이 연 상영회인데.

메시지를 보기만 해도 두근두근 심장 박동이 느껴졌다.

어차피 재미있는 영화는 아니다. 왜냐하면 료마가 나에게 가자고 했으니까 그런 쪽일 것이다. 그래도 나한테 말해 줬다. 부끄럽기

짝이 없는 고백을 한 뒤에 나에게.

나는 간신히 메시지를 쳤다.

무슨 영화예요?

갑자기 존댓말을 썼다. 돌아온 메시지는 역시나 싫은 영화 제목이었는데, 이번에 나는 뜸 들이지 않고 바로 '갈게요!'라고 답을 보냈다.

토요일.

이건 데이트가 아니라 환경 문제를 배우기 위한 영화 감상이야. 몇 번이나 이렇게 되뇌었으나 그래도 뭘 입고 갈지가 고민되어서 이 옷 저 옷 끄집어냈다. 그러고 보니 서로 교복 입은 모습만 봤다.

이것도 별로고 저것도 별로고, 이건 어떠냐 저건 어떠냐, 이건 아니고 저거, 하고 바꿔 입다가 결국 처음 고른 데님 원피스를 입었다. 하늘하늘한 옷은 안 어울리고, 데이트가 아니니까 이상하게 멋을 부리거나 고상한 척하기도 싫었다. 화장도 간단히 했다.

장마는 끝났어도 상대 쪽이 비를 부르는 사람일지도 모르니까, 데루테루보즈*를 만들지는 않았지만 카드에 그림으로 그려 벽에 붙여 놓긴 했다. 그게 효과가 있었는지 아침부터 눈이 시릴 정도

*비가 오지 않기를 바라는 마음을 담아 만들어 창문 등에 달아두는 인형.

로 파란 하늘이 펼쳐졌다.

약속 시간보다 5분 일찍 만나기로 한 역에 도착했는데, 료마가 벌써 와 있었다. 갈색 셔츠와 몸에 잘 맞는 까만 바지를 입었다. 어깨에는 까만 가방을 멨다.

"빨리 왔네."

나는 료마를 보며 웃었다.

"아, 응."

료마는 왠지 내게서 시선을 비끼더니 걷기 시작했다.

"그 가방, 좋다."

"아, 이거…… 업사이클링인데."

업사이클링. 최근 알게 된 단어다. 폐기물에 디자인과 아이디어로 새로운 가치를 부여하는 것. 가방 같은 소품이나 옷은 물론이고, 장신구나 가구도 있다고 한다.

"업사이클링도 다양하게 있구나."

"이건 소방호스 폐기물이야. 아야가 알려 준 인터넷 쇼핑몰에서 샀어."

갑자기 아야 선배네. 그 이름을 말하며 기뻐하는 표정을 보니 조금 기분이 가라앉았다.

"아야 선배한테는 영화 보러 가자고 안 했어?"

"왜?"

"아, 이런 영화는 이미 봤으려나."

"나야 그건 모르지."

뭔가 조금 부루퉁한 말투였다. 부끄러워서 그러나?

"업사이클링 옷도 산 적 있어?"

"옷은 아직 산 적 없어. 아야는 가지고 있는 것 같아. 환경 보호와 패션, 두 마리 토끼를 다 잡겠다고 했었어."

또 아야 선배였다. 그래도 재활용이라고 하면 조금 고리타분한 느낌인데, 업사이클링은 단순한 재활용이 아니라 가치를 더하는 것 같아서 멋지다. 나도 다음에 업사이클링 옷이나 가방에 도전해 볼까?

"그 쇼핑몰 가르쳐 줄 수 있어?"

"아, 응."

영화 상영회 장소는 도심의 어느 구민 센터 모임실로, 서른 명 정도가 와 있었다. 스크린도 별로 크지 않다. 관람객은 젊은 사람이 많았는데, 나이 든 사람도 조금은 있었다. 고등학생이라고 말하자 웃으며 환영해 주었다.

영화는 한 시간 반 조금 넘는 다큐멘터리였다. 몇 년 전에 만들어진 것인데 수해 영상 등이 대단했다. 영화관처럼 스크린이 크지 않더라도 스마트폰으로 보는 것과는 박력이 달랐다. 인간의 욕망이 초래한 결과를 극한까지 들이미는 것 같아서 너무 괴로웠다. 나도 모르게 어금니를 악물었고 미간에 주름을 잡고서 봤다.

밖으로 나와 료마와 함께 역으로 걸었다. 나는 내내 입을 다물고 있었다.

요 두 달 남짓 생각했는데, 지구를 괴롭히는 것은 인간이다. 특히 우리 같은 선진국에 사는 인간, 이렇게 생각하면 기분이 착 가라앉는다. 화가 나고 견디지 못하겠고, 분하고 슬프다.

"……가지 않을래?"

처음에는 목소리가 머리 위를 스쳐 지나갔을 뿐이다.

"어?"

료마를 올려다보며 지나간 말을 뒤쫓아가 붙잡았다. 동물원에 가지 않을래? 나는 뭐라고 대답하지 못하고 료마를 빤히 바라보았다.

"우에노, 가까우니까."

"아, 응. 괜찮긴 한데, 왜?"

"기분 전환하러 가는 편이 좋을 것 같아서."

"기분 전환하러 가고 싶어?"

"굳이 따지면 히나타가 그렇지 않을까 해서."

그 순간, 눈이 촉촉해지고 울고 싶어졌다. 울지 않았지만. 그런데 왜 동물원이지? 동물을 좋아하나. 그런 생각을 하다가 새삼 료마를 잘 모른다는 사실을 알았다.

"동물을 좋아해?"

"동물에 따라 달라."

그거야 그렇겠지. 그래도 왠지 억지로 가져다 붙인 것 같다.

"동물원이나 수족관을 두고 비판도 있잖아."

"응."

나는 고개를 끄덕였다. 그런 비판을 어디서 들은 적 있다. 한편으로 보호라는 역할을 담당한다는 의견도 봤다. 그렇지만 좁은 우리에 가두는 건 인간의 이기심 아닐까.

"그러니까 한번 봐 두고 싶어서."

료마가 혼잣말처럼 말했다.

전철을 타고 두 역 만에 우에노에 도착했다. 아직 날이 더운데 우에노 공원을 걷는 사람이 많았고, 동물원에도 사람이 제법 있었다.

"선크림 바르고 올 걸 그랬다."

"너무 많이 쬐면 안 되지만 자외선도 적당히 쬐지 않으면 비타민 D가 부족해져."

"뼈의 비타민이지."

이것도 기후 위기를 조사하면서 얻은 지식이다. 이런 대화, 요즘 고등학생이 나누기엔 좀 특이하겠지.

판다는 금방 보기 어려울 것 같아서 포기했다. 처음 간 곳은 조류 구역이었다. 여기 있는 새들은 자유롭게 하늘을 날지 못한다. 그래도 독수리나 매가 날개를 펼쳤을 때는 너무 커서 놀랐다. 놀라면서도 조금 흥분했다.

"진짜 무서운데 멋있다."

게다가 아름답다. 무서운데 멋있는 것은 맹금류만이 아니었다. 호랑이도 고릴라도 그랬다.

"나는 신을 믿지 않는데, 동물이 왜 이렇게 다양한지 생각하다 보면 신은 참 대단하다는 생각도 들어."

"그 다양성이 지금은 위험해졌지. 호랑이도 고릴라도."

"멸종 위기종이 정말 너무 많잖아. 그것도 다 인간 때문이야."

"그렇지."

"나는 지구 친화적이라는 말이 이상하다고 생각해."

"발상이 인간 중심적이야."

"그래도 지구 환경을 위해서는 인간이 멸망하는 게 낫지 않겠냐는 생각이 들어."

"나도 그렇게 생각한 적 있어."

"그런 기분이 들 때는 어떻게 해?"

"그러게. 소중한 사람이 살아 있는 것을 긍정해."

내 걸음이 멈췄다.

"소중한 사람……."

"인류의 미래 같은 건 너무 거창하잖아. 시선을 내 주변으로 가깝게 당겨온다고 하면 좋을까."

"고마워."

"고맙다니 뭐가?"

"소소한 처방전 같아서."

나는 웃었다. 저절로 자연스럽게 나온 웃음이다. 이 사람을 좋아하게 되어서 잘됐다. 설령 다른 사람을 좋아하더라도…….

한참 걷자 등나무 시렁이 나와서 잠깐 쉬었다. 당연히 물병을 꺼냈다. 요요기 공원에서 생수를 사려다가 한 소리 들었던 때가 왠지 그리웠다.

료마와 동아리 사람들을 만나고 나는 달라졌다. 무기력하고 주눅 들었던 상태였는데 회복했다. 그렇다면 앞으로 나는 뭘 하면 될까?

거의 동시에 일어나 다시 걸었다. 바다표범도 북극곰도 봤다. 그중에서 북극곰에 특히 마음을 빼앗겼다. 원래 북극에서 살던 곰이라고 생각하니 마음이 아팠다.

"너무 안됐다. 이렇게 더운 도쿄에 있다니. 그래도 나 되게 마음에 들어. 다람쥐나 레서판다처럼 귀여운 동물과는 다른데 귀여워. 그러니까…… 불쌍하지만 이렇게 볼 수 있어서 기뻐."

이솝 다리를 건너 아프리카 동물들과 만났다. 기린도 사실은 아프리카 대륙을 뛰어다니는 게 행복하겠지. 설령 생명의 위험이 끊이지 않더라도. 그래도 "기린 아저씨!"라고 외치는 어린애를 보면 역시 웃음이 나왔다.

이케노하타 문을 통해 동물원 밖으로 나오자, 료마가 중얼중얼 말했다.

"아프리카도 각지에 가뭄 피해가 심각해. 남수단은 기아도 심하고. 기후 변동의 원인이라는 점에서 가해성이 가장 적은 아프리카가 큰 피해를 겪고 있어."

그걸 생각하면 괴로워진다. 나는 우리 미래가 어떻게 될지를 걱정했는데, 이미 전 세계에서 많은 영향이 나타나는 중이다. 기후 위기의 영향은 현재 진행형이다. 그것도 가난한 지역일수록 심각한 영향을 받는다. 기후 정의라는 말을 곱씹었다. 운이 좋다는 것에 역시 죄책감을 느낀다. 그렇다고 지금 생활을 포기할 수 있는지 물으면, 그것도 역시 어렵다.

"만약 내가 그런 곳에서 태어났다면……. 우연이지. 우리가 지금 시기에 여기 일본에서 사는 건."

"그거 나도 종종 생각했어. 독일에 있었을 때도 일본보다 난민이 많았거든. 전부 운이야. 부모도 나라도."

가까운 역에서 전철을 탔다. 우리는 벌써 집에 돌아가려 한다. 세련된 카페에 가지도 않는다. 그러니까 당연히 이건 데이트가 아니다. 그래도 둘이 외출한 것이 기뻤다. 고민할 거리가 많았고, 료마가 참 강직한 사람 같아 보였는데 그 점은 나도 비슷할지 모른다는 생각도 들었다.

동네로 가는 전철은 조금 붐벼서 빈자리가 없었다. 둘이 나란히 손잡이를 잡고 심각하지 않은 동물 이야기를 나눴다. 료마는 역시 원숭이는 인간과 가까운 것 같다고 말했다. 이런 시간도 좋다.

료마가 내릴 역이 가까워졌다.

"오늘은 같이 와 줘서 기뻤어."

고개를 돌리자, 료마는 창밖을 바라보고 있었다. 료마의 옆모습을 바라보며 생각했다. 그런 식으로 나를 기쁘게 하지 마. 안타까워지니까, 기대하고 싶어지니까.

"나야말로. 즐거웠어, 이렇게 말하면 어폐가 있겠지만."

"즐거운 건 중요하잖아."

"그러네."

전철이 천천히 감속하고 멈췄다. 료마가 내게 환하게 웃었다. 문이 열린다.

"그럼 또 다음 주 금요일에 기다릴게."

가볍게 손을 들고 료마가 내렸다. 문이 닫히기 직전, 나는 살짝 고개를 끄덕였다.

"또 금요일에."

내 목소리는 들리지 않았을지도 모른다. 그래도 문 너머의 료마는 여전히 웃으며 손을 작게 흔들었다. 전철이 출발해 그 모습이 멀어졌다.

즐거운 건 중요하다. 있잖아, 또 같이 어딜 갈 수 있다면 기쁠 거야. 속으로 말을 걸었다. 이미 곁에 없는 상대에게.

소중한 사람이 살아 있는 것을 긍정한다. 그 소중한 사람 중 하나다…….

만나서 다행이다. 나의 좋아하는 감정은 보답받지 못하겠지만. 그를 만난 덕분에 내 세계가, '엄청나게'는 아니어도 '조금'보다는 더 많이 넓어진 것 같다.

그러니까 앞으로도 열심히 생각해야지.

나는 자그마한 결의를 했다.

9.
꿈을 되찾았다

"무슨 좋은 일 있었어?"

도시락을 먹는데, 시즈호가 불쑥 물었다.

"아무것도. 괴로운 일만 잔뜩인데. 왜 갑자기?"

"목소리가 들떴는걸. 괴롭다고 하는 거 거짓말이지?"

"미래를 생각하면 우울해져. 왜 다들 아무렇지 않지?"

"생각하지 않으니까겠지?"

시즈호가 선뜻 말했다.

"그러게."

료마도 비슷한 말을 했었다. 생각하지 않으면 평정을 유지할 수 있다. 기후 위기를 모르면 불안해하지 않아도 된다.

"그래도 우리랑 비슷한 나이의 사람들이 다양한 활동을 하고 있지."

나는 고개를 끄덕였다. 각지에서 FFF 활동을 하는 또래들도 있다. 기후 위기뿐 아니라 식품 손실 문제를 해결하려는 사람이나 각종 차별을 없애려고 활동하는 사람, 난민 지원을 하는 대학생 이야기도 들은 적 있다. 전부 중요한 일인데 지금 내가 제일 하고 싶은 것은…….

"시즈호, 나 문화제 때 기후 위기에 관해 전시하고 싶은데."

시즈호가 으음, 하고 고개를 갸웃거렸다.

"글쎄다. 다들 흥미를 느낄까?"

"그러니까. 반의 유지를 모아서."

"유지라니?"

"HR 시간에 동료를 모을래. 엘레나에게 부탁하면 세 명은 확보잖아."

홀로 유유히 걸어가는 분위기인 엘레나지만 전에 브라질 산불 이야기를 해 주었다.

"세 명?"

"시즈호랑 엘레나."

"나한테 언제 부탁했는데?"

황당한 표정인 시즈호에게 기도하듯 두 손을 모았다.

"부탁합니다."

"좋아, 도와줄게."

시즈호가 시원시원하게 대답하고 웃었다.

이제 만난 지 석 달째인 급우들. 지금은 괜찮은 친구들이라고 생각한다. 성실한 타입도 있고, 조금 튀는 타입도 있지만, 비행 청소년도 없고 남들보다 우위에 서려는 사람도 없다.

입학 초기에는 나에게 의욕이 없었다. 사쿠라기학원에 떨어져서 실의의 밑바닥에 있었다. 여긴 내가 있을 곳이 아니라고 여겨 의도적으로 적응하지 않으려고 했다. 그러니까 친구도 적극적으로 사귀지 않았다. 자리가 가까우니까 대화를 나눈 시즈호도 처음에는 고립되지 않으려는 수단일 뿐이었다.

그랬던 나의 거만함을 사과하고 싶다. 친구가 적은 것은 지금도 똑같고, 동아리 활동도 하지 않는다. 아마 다들 나를 성적은 좋아도 가까이하기 어려운 애라고 여길 테지. 그런 내가 급우들에게 뭔가를 제안한다. 이상한 애처럼 보일까, 냉담한 시선으로 바라볼까. 애초에 기후 위기에 흥미를 느낄 사람이 얼마나 있을지 생각하면 역시 불안하다.

그래도 행동하기로 결심했다.

"문화제에서 기후 변화 문제를 조사해 전시하고 싶습니다."

최대한 알기 쉽게, 또 진지하게 우리 미래가 위험하다는 사실을 발표했다. 스탠딩 시위를 하는 중이라고도 말했다.

반대는 없었다. 맥 빠질 정도로. 그냥 하고 싶은 사람들끼리 하게 되었다. 즉, '하고 싶은 대로 알아서 해'가 대다수의 태도였다.

몇 명이나 있을까. 말을 꺼낸 사람이 나니까 인원을 모으는 것도 내가 할 일이다. HR 시간이 끝나고, 나는 두근거리며 반응을 기다렸다.

손을 들고 나선 것은 네 명이었다. 시즈호와 엘레나 이외에 여학생 야마지 미키와 남학생 가와모토 히로야. 둘 다 대화를 나눈 적이 거의 없다.

그날 중에 첫 미팅을 했다. 내 자리 주변에 모여 대화했는데, 미키는 기후 위기에 관해 잘 알고 있었다. 히로야는 조부모님이 야마가타현에서 농업을 하는데, 식량 문제가 특히 걱정이라고 했다.

"일본은 에너지 부족과 마찬가지로 식량도 자급률이 낮잖아. 그런데 식품 손실이 크고, 푸드뱅크*도 거의 도입되지 않았고."

지금까지 대화를 나눈 적 없었던 히로야가 이런 일에 관심이 있었을 줄이야. 말해 보지 않으면, 이야기를 듣지 않으면 모른다.

"생물다양성 문제도 그래. 다양성을 잃으면 인간 생활에도 영향을 미치잖아. 시골은 멧돼지가 늘었대. 사슴이나 미국너구리도 늘어서 마을까지 내려와 피해를 준다는 얘기, 뉴스에 종종 나오잖아."

히로야가 그렇게 말하자, 미키가 말을 받았다.

"외래종 문제지. 감염증도 원래 바이러스를 지녔던 야생동물 세

*기업이나 개인에게 식품 같은 물품을 기부받아 도움이 필요한 계층을 지원하는 제도.

계에 인간이 끼어들어서 퍼진 면이 있다고 들은 적 있어. 거기에 경제 글로벌화 때문에 순식간에 확산하고."

"다양한 문제가 깊은 곳에서 연결되었네."

시즈호의 말에 나도 고개를 끄덕였다.

우리가 이러쿵저러쿵 말하는데, 옆자리의 소타가 끼어들었다.

"환경 문제도 중요한데 빈곤 문제도 중요하지 않아?"

미키가 곧바로 반응했다.

"그것도 관계가 없지 않아."

"무슨 뜻이야?"

엘레나가 물었다.

"들어봐, 기후 위기로 심각한 상황에 부닥치는 건 비교적 가난한 나라이고, 같은 나라라면 가난한 사람이 더 괴로워져."

미키의 말이 옳았다. 그러니 기후 위기는 인권 문제라고 한다. 그래도 소타는 냉담한 눈빛으로 말했다.

"그런 거창한 게 아니어도, 학교에 다니는 것도 돈이 들잖아. 우리 집도 사립대나 의대는 절대로 불가능해. 뭐, 의대에 가고 싶은 것도 아니지만. 우리 학교는 집에 여유가 없어서 아르바이트하는 애들, 꽤 많잖아. 나도 그렇고."

"나도 그래. 우리 부모님이 비정규직이거든. 일본 정치는 교육 분야 지원에 소극적이니까 조금이라도 벌어야 한대."

엘레나가 태연하게 말했다.

"생활에 여유가 없어……. 온난화 같은 거, 머리로는 중요한 줄 알아도 솔직히 닥친 일만으로 벅차서 신경 쓸 상황이 아니야. 나만 이런 건 아니라고 생각해."

"맞아. 나도 지금은 좀 나아졌지만 2년 전까지는 너무 힘들었어. 중학생 때 농구부에 들어갔는데, 성장기라 농구화를 금방금방 바꿔야 하잖아. 사 달라고 말하기 어려워서 그만뒀어. 보건실 선생님한테 빵을 받은 적도 있고. 부모님은 열심히 일하시고, 가난은 부끄러워할 일은 아니야. 그렇지만……."

엘레나가 말을 흐리자 소타가 받았다.

"그렇지만 그 말, 자기 자신에게 계속 들려줘야 하지. 부끄러워할 일이 아니라고."

"응, 맞아."

두 사람의 이야기를 듣는데 가슴이 따끔따끔 아팠다. 나의 유복한 환경에 죄책감을 느낀다. 나는 아직 내 힘으로 돈을 벌어 본 적이 없다. 생활이나 학업 면에서 필요한 물건을 사 달라고 말하지 못한 적도 없다. 사립 대학에 가고 싶다고 하면 보내 주실 것이다. 유학도 부탁하면 보내 주시겠지. 이렇게 여유로운 처지이면서 건방진 소리를 해도 되는 걸까.

소타가 처음에 깨어 있는 사람이라고 비꼈던 것이 생각났다. 그때는 불쾌했다. 하지만 소타에게는 소타만의 사정이 있다고도 생각한다. 나는 그런 걸 전혀 상상하려고 하지 않았다, 그때는. 고개를 푹 숙이는 나를 보고 엘레나가 웃더니 다시 입을 열었다.

"그래도 히나타를 응원하고 싶어. 우린 친구니까."

나는 엘레나를 봤다. 아마도 금방이라도 울음을 터트릴 듯한 웃는 얼굴이겠지. 이어서 천천히 소타에게 시선을 옮겼다. 소타는 왜 오늘 이런 이야기를 우리에게 했을까. 말을 꺼냈다는 것은 분명 우리가 알아주길 바랐기 때문이다. 그렇지……?

"우리 생활이 어떤지와 우리 미래가 어떻게 될지, 전부 이어졌지. 그러니까 기후 위기를 기반으로 삼고 조금 더 확장해도 괜찮을 것 같아. 그러면 소타도 같이해 줄래? 할 수 있는 것만 해도 되니까. 음, 라인으로 의견을 조금 말해 주는 정도도 좋아. 같이 많은 걸 생각하고 싶거든."

내 말에 소타가 고개를 끄덕였다. 동료가 한 명 더 늘었다!

"당일에 동영상을 스크린에 띄우면 어떨까?"

히로야가 말했다.

"홍수나 산불 영상?"

"전시도 좋은데 말로도 호소하자."

이번에는 미키였다.

"토크 코너를 넣는다거나?"

이번에는 시즈호다. 나는 또 울고 싶어졌다. 동료가 있다는 건 참 좋구나. 다양한 아이디어가 나온다. 혼자서는 생각하지 못했던 것도 잔뜩.

그날, 나는 미키와 함께 하교했다. 금요일에 스탠딩 시위를 하러 가자고 제안하자, 미키는 흔쾌히 허락했다.

금요일이 왔다.

지난주 토요일을 생각하면 조금 마음이 복잡했다. 료마와 같이 외출하고 대화를 나눠서 기뻤지만, 역시 애달팠다. 만나면 또 괴로워질 것 같다. 그래도 역시 료마와 만나고 싶다. 얼굴을 보고 싶다. 또 우리 문화제의 계획을 알려 주고 싶다.

라인 메시지로 알리려고 몇 번이나 생각했지만 그만두었다. 왠지 연락할 구실로 쓰는 것 같았으니까.

우리가 나누는 라인 메시지는 최소한이고, 내용도 기후 위기에 관한 것 한정이다. 또 내가 먼저 연락하는 일은 거의 없다. 그게 쓸쓸하지만, 사귀는 사이는 아니니까 어쩔 수 없다. 그나저나 나는 어쩌면, 내심 조금은 기대하고 있는 걸까? 이런저런 생각을 하다가 한숨을 쉬었다. 몇 번이나. 그러면 시즈호와 엘레나가 놀린다. 내 짝사랑은 이미 들켰다.

방과 후, 미키와 대화하며 C역으로 갔다. 미키가 기후 위기에 관심을 가진 것은 2년쯤 전으로, 그레타 툰베리를 소개하는 책을 읽은 덕분이었다. 즉, 나보다 훨씬 오래되었다.

"미키, 다른 사람들이랑 이런 얘기도 하고 그래? 친구나 가족."

"음. 말해야 한다는 생각은 있는데 너무 어려워. 부모님도 일단은 생수를 사지 않는데, 친구들은 대단하단 말만 하고 대화가 이어지지 않아."

"아, 나도 그래!"

"그래도 이대로는 안 되니까."

미키의 말에 그렇다고 고개를 끄덕였다.

C역 개찰구를 나와 늘 가는 그곳으로 갔다.

"있다. 와 있어!"

나는 미키를 보며 웃고 같이 다가갔다. 아야 선배가 알아차리고 손을 흔들었다.

"학교 친구를 데리고 왔어요. 같은 반인 야마지 미키. 이쪽은 사쿠라기학원 2학년, 환경 문제 연구회의 가자미 아야 선배야."

"안녕하세요. 모쪼록 잘 부탁합니다."

"대단하다. 동료가 또 늘었어."

아야 선배가 활짝 웃었다.

"피켓 가지고 왔니?"

마도카 선배가 묻자, 미키가 네, 하고 웃으며 대답했다. 가방에서 꺼낸 골판지에는 지구 그림과 '멈춰! 기후 위기!'라는 컬러풀한 글자가 적혀 있었다.

나는 고스케 선배에게도 미키를 소개했다.

"고스케라고 불러도 돼."

고스케 선배가 웃었다.

"그래도 1년 선배잖아요."

"료마는 료마라고 부르지 않아?"

고스케 선배가 히죽 웃었다. 아니, 안 부르거든요, 다른 사람들 앞에서는. 그런데도 얼굴이 붉어져서 당황했다. 힐끔 료마를 보자, 모르는 척 하늘을 보고 있었다.

"저기……."

조심스럽게 말을 걸자 료마가 돌아보았다. 눈이 마주쳤다. 나도 모르게 시선을 피했다. 왠지 보는 것이 두렵다.

"아, 나는 미즈사와 료마. 사쿠라기학원 2학년."

료마가 미키에게 말을 걸었고, 미키도 이름을 댔다.

"야마지 미키입니다. 오늘은 히나타가 같이 가자고 해 줘서 왔어요."

"히나타가 스카우트를 하다니."

나는 그제야 고개를 들어 료마를 봤다.

"문화제에서 기후 위기를 주제로 발표할 거거든. 같이 할 사람을 모집했더니 미키가 제일 먼저 나섰어."

"문화제에서? 대단하다."

마도카 선배의 들뜬 목소리가 들렸고, 이어서 아야 선배도 말했다.

"히나타, 행동력 최고다."

"아야 선배가 그런 말을 하다뇨……. 어디 쥐구멍이 있으면 들어가고 싶어요!"

장마도 끝난 한여름이라 기온이 아마도 30도를 넘었을 것이다. 아야 선배가 수분 보충을 잊지 말라고 해서 물병을 꺼냈다. 나와 미키의 물병이 똑같아서 같이 웃었다.

"다음에도 스탠딩 시위, 참가할게."

미키는 이렇게도 말했다! 여름방학이 되면 시즈호와 엘레나도 참가한다. 발표를 같이하는 다른 동료에게도 말해 봐야지. 모두에게 가자고 하면 사쿠라기학원보다 우리 인원이 더 많아질지도. 이런 망상에 나도 모르게 히죽거렸다.

"왜 웃어?"

그 말에 고개를 돌렸다. 목소리의 주인공, 료마의 얼굴이 생각보다 가까이 있어서 허둥거렸다. 료마, 처음에는 짜증을 잔뜩 냈었는데 요즘은 차분하게 웃는 얼굴을 보여 줄 때가 많다.

기대하게 하지 말라니까…….

그날 나는 료마와 함께 집에 가지 않았다. 미키와 카페에 가서 앞으로 어떻게 할지 상의하기로 했다.

"그럼 방해할 순 없지."

료마가 웃었다. 료마와 같이 돌아가지 못하는 건 역시 쓸쓸하다고 생각하다가 나도 참 미련이 깊다 싶어 고개를 숙이고 입술을 깨물었다. 그런 다음에 고개를 들어 료마를 봤다. 나는 해야 하는 일이 있다.

"여러모로 가르쳐 주세요, 선배님."

웃으며 말했지만 입이 조금 썼다. 같은 학교가 아니어도 연상이니까 선배. 내가 기후 위기를 알아 가도록 기회를 준 사람. 만나서 다행이다. 소중한, 선배님…….

미키와 많은 이야기를 나눴다. 읽은 책. 참고한 사이트. 팔로우하는 SNS. 지식을 교환하고 서로 보완했다.

다행스럽게도 미키의 동아리인 문예부는 이래도 되나 싶을 정도로 활동이 없다고 했다. 즉, 나처럼 이번 전시에 시간과 에너지를 바칠 수 있다!

기후 위기 발표 멤버와 함께 여름방학 전에 한 번 더 미팅했다. 라인에 그룹 대화방도 만들었다.

그 결과, 대략 이렇게 정했다.

① 전시 부문

• **우리의 현재 위치**

온난화 추이와 장래 예측

→ 그래프로. 1.5℃로 억제했을 때, 2℃가 되었을 때 등.

세계에서 벌어지는 일

→ 수해, 슈퍼 태풍, 가뭄, 열파, 삼림 파괴, 산불 등.

가장 큰 피해자는 누구인가

→ 빈곤과의 관계, 생물다양성

• **지속 가능한 미래를 위해 이산화탄소 배출을 어떻게 줄일까**

재생가능 에너지로 전환

에너지와 식량의 지역 생산과 지역 소비

기업 조치와 사회적 책임

☆ 손으로 쓰는 부분은 골판지에.
구호, 메시지도 골판지에 써서 장식한다.

② 토크 코너

우리가 호소하고 싶은 것, 각자 생각한 바를 발표한다.

③ 기타

정기적으로 기후 위기에 관해 알리는 동영상을 재생한다.

컴퓨터로 기후 시계를 표시한다.

7월 네 번째 금요일은 여름방학이어서 스탠딩 시위를 오전 중에 한다고 료마가 연락했다. 문화제 멤버에게 이 사실을 전하자, 아르바이트가 있어서 안 된다는 소타 이외에는 모두 참가하기로 했다.

"다른 사람을 데려가도 돼?"

시즈호가 물어서 물론이라고 대답했다.

"광장은 모두의 것이니까."

시즈호가 다른 사람에게 말한다면 나도 거절당할 각오를 하고 모모네에게 말해 보기로 했다.

나는 집안일을 적극적으로 맡아서 했다. 말하는 것은 중요하다. 그래도 행동 또한 중요하니까 할 수 있는 일부터 하기로 했다. 가족에게 쓰지 않는 전등을 잊지 말고 끄라고 당부했다. 에어컨 설정 온도를 조금 높여도 되게 그린 커튼*을 만들자고 했다. 올해는 여름 채소인 여주를 심기에는 이미 늦었다. 그래서 나팔꽃 화분을 석양이 들어오는 창문으로 이동시켰다. 지주를 세우고 그물을 쳤다. 나팔꽃의 잎을 그물에 얽히게 해도 올여름에는 커튼이 되지 못한다. 그래도 조금씩 만들어 가자. 내년에는 여주도 심어서 멋진 커튼을 만들겠다.

*건축물 외벽에 식물을 심어 녹색 커튼처럼 만드는 것. 건물 내부 온도를 낮추는 효과가 있다.

쓰레기를 줄이겠다. 플라스틱뿐 아니라 모든 쓰레기를. 내가 관리하겠다고 주장해서 음식물 쓰레기를 퇴비로 만들어 주는 용기를 샀다. 어디 보자, 여기에 채소를 심어 볼까? 가와모토에게 물어보면 좋은 아이디어를 알려 줄지도 모른다.

여름방학 동안 일주일에 한두 번은 내가 저녁을 만들겠다고 나섰다. 그날은 최대한 고기를 사용하지 말자고 계획해서, 여름방학 첫날에는 콩고기 함박스테이크를 시치미 뚝 떼고 내놓았다. 솔직히 맛이 조금 부족했는데, 불평을 듣진 않았다.

나중에 콩고기라고 말했더니 모리오가 "힘이 안 나잖아."라고 입술을 삐죽여서, 먹을 때도 그렇게 생각했냐고 협박하듯 물었다.

모리오는 추운 게 싫다고 했었다. 모리오는 여름에 태어났는데, 마침 열두 살 생일이어서 기후 위기를 다룬 어린이용 책을 선물했다. 네 미래가 걸렸어. 자유 연구 숙제로 이걸 해 보면 어떨까, 라는 말도 덧붙였다.

이런 일 하나하나는 아주 사소한 일일지도 모른다. 너무도 보잘것없는 자기만족일 수도 있다. 그래도 무의미하지 않다. 게다가 즐겁다!

역시 이런 이야기를 하고 싶어서 나는 료마에게 라인 메시지를 보냈다. 담담한 장문. 글만으로 이렇게 긴 메시지는 처음 보냈다. 료마에게는 딱 한 마디가 왔다. 여전히 무뚝뚝하다.

만나서 자세히 들려줘.

여름방학 첫 스탠딩 시위 날. 나는 약속 20분 전에 도착했다. 처음 참가하는 친구들이 와서 당황하지 않게 내가 맞이하고 싶었다.

모모네는 간지와 데이트가 있었다. 그래도 다음에 또 얘기해 달라고 했다. 그냥 하는 말은 아니다. 모모네의 집에서도 퇴비 용기를 샀다고 하니까. 내가 말한 것이 아니라 엄마가 이모에게 말했는데, 모모네가 자기가 관리하겠다고 나섰다고 한다. 즉, 모모네가 또 나를 따라 한다는 것이다.

역시 아직 아무도 오지 않았다. 지금 나 혼자 피켓을 들 수 있을까. 전에 료마와 단둘이었을 때도 이 생각을 했었다. 그때는 어떻게 할지 고민하는 도중에 료마가 왔다.

조금 망설였지만 나는 가방에서 골판지 피켓을 꺼냈다. 'CLIMATE CRISIS'라고 새빨간 매직으로 적은 글자. 그 아래에는 '우리 미래를 위해'와 '1.5℃ 약속'이라는 파란 글자.

그것을 가슴 앞에 들었다. 가슴이 두근거렸다. 누구든 좋으니 빨리 오면 좋겠다. 내 바람이 통했는지, 이쪽으로 다가오는 아야 선배가 보였다. 안심해서 손을 흔들었는데 바로 뒤에 료마가 있었다. 같이 왔구나……. 눈으로 보면 역시 충격이다.

"일찍 왔네, 히나타."

아야 선배의 말투에는 아무런 거리낌이 없었다.

"아, 네. 오늘 처음으로 친구들이 오니까."

"그렇구나. 내가 1등일 줄 알았는데 개찰구에서 료마랑 마주쳤어. 그래도 먼저 온 사람이 있었네."

그럼 만나서 온 건 아니라는 건가?

"너무 오버했나요?"

그러자 아야 선배가 킥킥 웃었다.

"히나타, 대단해. 료마한테 들었어. 집에서도 열심히 한다며? 게다가 오늘도 몇 명이나 데리고 온다며."

"에이, 그렇지도 않아요. 저는 아야 선배와 비교하면 한참 부족한걸요."

"정말이라니까. 히나타는 밝고 적극적이야. 이름에도 절대 지지 않아."*

이번에도 그렇지 않다고 말하고 싶다. 왜냐하면 나는…… 고등학교에 입학한 뒤로 계속 땅만 팠어요. 무기력했어요. 주눅 들었어요. 비뚤어졌어요…….

아야 선배가 이어서 말했다.

"료마도 히나타랑 만나기 시작하면서 밝아졌고."

* 히나타는 볕 양(陽)에 해바라기 규(葵)를 쓴다. 또 같은 발음에 다른 한자로 양지, 양달이라는 뜻도 있다.

응? 아니, 만나기 시작하다니, 뭐야 그거? 당황해서 조금 얼굴이 붉어졌다. 료마를 봤는데, 그가 시선을 살짝 피했다.

깊은 의미는 없겠지. 그렇게 생각했다. 당연하지. 깊은 의미는 없어…….

료마와 만나 지금까지 겪은 일이 머릿속에 재생되었다. 주마등처럼…… 아니, 지금 내가 죽는 것도 아닌데. 뭐가 뭔지 혼란스러워 소리를 지르고 싶어진 그때, 엘레나가 왔다. 또 마도카 선배도. 나는 얼른 정신을 차리고 엘레나를 동료들에게 소개했다.

10시에는 사쿠라기학원 네 명과 마쓰카와고등학교 네 명이 모였다. 시즈호는 아직 오지 않았다. 그래도 여덟 명이 마음을 담은 메시지를 쓴 피켓을 들고 섰더니 박력 있었다.

몇 분 뒤, 시즈호가 왔다. 같이 온 사람은 키가 크고 안경을 쓴 남자다. 어디서 본 적 있는 것 같은데……. 조금 지나서 어린이 식당에서 자원봉사를 하던 대학생인 걸 알았다.

"이가라시 씨예요. 대학생이요. 작년에 친구가 COP에 갔었대요."

"정말요?"

아야 선배의 반응이 빨랐다. 눈이 반짝였다.

"응. 외국 활동가들과도 교류했다고 했어."

"나도 가고 싶어요."

엘레나가 내게 귓속말로 "COP가 뭐야?"라고 물어서 간단히 설명했다.

"유엔기후변화협약 당사국총회. 그때를 맞춰서 다양한 활동을 하는 사람들이 모여. 회기 중에 기후 NGO에서 일본은 불명예 화석상을 몇 번이나 받았어."

"화석상?"

"응. 온난화 대책에 소극적인 나라에 주는 거야."

"역시 히나타, 자세히 안다."

나는 고개를 저었다. 아직 모르는 것이 잔뜩이다. 이것저것 알게 되면서 점점 그런 생각이 깊어졌다. 게다가 고작 석 달 전만 해도 아무것도 몰랐다. 그래도 이건 다시 말해 기회만 있으면 누구든 나 정도로는 문제를 이해한다는 것이다.

인원이 총 열 명이 되었다. 내 옆으로 이동한 시즈호가 조용히 말했다.

"실연했어. 저 사람한테……."

"그렇구나."

"그래도 후회는 안 해."

조금은 쓸쓸함이 담긴 미소를 짓는 시즈호를 보며 아름답다고 생각했다.

언제였던가, 시즈호가 말한 적 있다. 여성을 사랑하지 않는 사람……. 그게 저 사람일지도 모른다. 그러고 보니 이가라시 씨의 물병은 무지개색이었다. 그래도 이가라시 씨를 데리고 왔다는 것은 시즈호가 어린이 식당에서 기후 위기 이야기를 꺼냈다는 것이다.

시즈호와 친구가 되어 기쁘다. 물론 시즈호만이 아니다. 나는 마쓰카와고등학교를 내가 당당히 있을 자리로 만들고 싶다. 지금 진심으로 생각했다. 마쓰카와고등학교의 학생으로서 앞으로 많은 것을 하고 싶다. 그 첫걸음이 문화제다.

한 시간가량의 시위를 마치고 우리는 해산했다. 차라도 마시자는 이야기가 나오지 않는 점이 산뜻해서 좋다.

시즈호는 이가라시 씨와 같이 갔고, 엘레나는 이제부터 아르바이트라면서 급하게 사라졌다. 미키와 히로야는 시부야에 영화를 보러 간다고 했다.

“가는 김에 기후 시계를 보고 올래.”

미키가 웃었다.

나는 평소 스탠딩 시위를 마쳤을 때처럼 료마와 함께 집에 갔다. 전철이 비교적 붐벼서 차량 안쪽, 연결 부분 근처에 섰다.

“저기.”

“저기.”

말이 겹쳤다. 료마가 살짝 턱을 움직여 먼저 말하라고 재촉했다.

“장대비 쏟아질 때, 빗속에서 내가 한 말 기억해?”

"기억해."

"그렇구나. 잊었으면 좋겠다고 생각했어."

"그걸 어떻게 잊어. 그런 말을 들었는데."

"미안."

"왜 사과해?"

"그야 불편하잖아."

"그러니까 왜?"

"저기, 료마는 아야 선배를……."

묻고 싶지 않다. 그래도 계속 꾸물거리기 싫으니까 확실히 해야 한다…….

"대단한 녀석이라고 생각해. 그래도 히나타도 대단하다고 생각해."

"그게 아니라, 늘 아야 선배를 보고 있잖아."

"나는 히나타를 보고 있을 때가 많은데."

"……."

"혹시 뭐 착각했어?"

"착각이라니?"

"내가 아야를 좋아한다고."

"아니야?"

"아니야, 존경은 하지만. 그보다 어쩌다가 그렇게 믿게 됐어?"

"매번 칭찬하니까."

"영화 보러 가자고 한 거, 히나타가 한 말에 대한 답변인 셈이었는데."

"하지만 다큐멘터리 영화였잖아."

"그러니까 동물원에도 갔잖아."

"결국엔 생물다양성 이야기 같은 거 했고."

"그게 우리니까."

"……그런가."

"아니, 진짜로 너무 추측이 심하잖아. 게다가 멋대로 짐작해서 행동하고."

"지금 나 바보란 말 돌려서 한 거야?"

"칭찬이야. 일단 스위치가 켜지면 대단하다 싶어."

"……."

"오늘도 친구들을 많이 데리고 왔잖아. 아야와 다른 의미로 행동력이 있어. 그러니까 끌렸다기보다는, 음, 이런 감정에 이유를 찾는 건 좀……. 그래도 아야가 한 말, 나도 그렇다고 생각해."

"아야 선배가 한 말?"

"너랑 만나기 시작하면서 내가 밝아졌다는 거."

어느새 료마가 내릴 역을 지나쳤다. 내가 내릴 역도. 우리는 전철을 탄 채로 있다가 이윽고 종착역에 내렸다.

승강장에 섰다. 미지근한 바람에 뺨을 쓰다듬었다. 눈앞에 본 적 없는 풍경이 펼쳐졌다. 내가 사는 동네보다 교외 느낌이 강해 녹음이 많고 빌딩이 적어서 왠지 한적했다.

"뭔가 신선하다. 여기 처음 내렸어."

"나도."

"맞다, 아까 료마, 무슨 말 하려고 했어?"

"어디 좀 가자고 하려고 했었어. 예상치 못한 형태로 실현된 것도 같고, 아닌 것도 같고."

우리는 얼굴을 마주 보고 풋 웃음을 터뜨렸다. 처음으로 재미있어서 웃었다.

우리는 처음 온 동네를 같이 걸었다.

"너를 처음 만났을 때는 내가 생각해도 인상을 쓰고 있었던 것 같아. 초조해서 헛돌았어."

"아, 맞아. 조금 무서웠어. 그래서 얼마 전에 즐거운 게 중요하다고 말해서 기뻤어. 또 나도 혼자 헛돌았으니까."

"하지만 그런 식으로는 오래 하지 못하니까. 그러니까……."

료마는 입을 다물었다. 그래도 마음이 전해졌다.

"집에서 하는 일은 자기만족에 불과하겠지. 일상에서 사소한 행동을 하는 정도로는 한참 부족하고, 느긋한 소리를 할 상황이 아닐 정도로 막다른 골목에 섰어. 그런데도 세상은 도무지 움직이지 않으니까 초조하고 분해. 걸어서 가면 때를 놓칠 거야. 그래도 계속 걸어가야겠다고 생각했어. 그리고 같이 걸어가면 좋겠어. 웃는 것도 잊지 않고."

료마가 고개를 끄덕였다. 내가 정말 좋아하는 웃는 얼굴로.

2학기가 시작하고 첫 번째 토요일이 문화제다.

지금 우리는 교실 벽에 조사한 내용을 붙이고 칠판 앞에 스크린을 드리우고서 입장객을 기다린다. 오후 토크 코너는 사쿠라기학원 환경 문제 연구회 멤버들도 들으러 온다. 또 모모네도 온다(귀찮다고 투덜거리는 간지를 설득했다!). 엄마와 모리오도 온다.

말을 잘할 수 있을지 걱정이라 두근거린다. 그래도 기대된다.

여름방학 때 도입한 퇴비 용기는 엄마가 오히려 푹 빠졌다. 그래서 나는 별로 손을 대지 않았다. 엄마는 "히나타가 기운을 차려서 다행이야."라고 말했다. 내가 생각하는 것보다 걱정을 끼쳤나 보다. 미안해요, 고마워요.

모리오는 내 계획에 보기 좋게 빠져서, 자유 연구로 우리 동네의 기후 변화 대책을 조사하러 시청에 갔다. 담당 직원이 정중하게 대응해 주었다고 한다. 폐를 끼치지 않았기를 바랄 뿐이다.

올여름도 일본 열도 각지에서 수해가 발생했다. 하천 둑이 무너져 시가지로 탁류가 밀려 들어왔다. 앞으로 그런 일이 점점 더 늘고 점점 더 격해질 것이다. 유럽도 40도를 넘는 고온을 기록했고, 중앙아시아에서는 심각한 피해를 초래한 홍수가 발생했다.

문화제 전시 멤버가 모였을 때도 그런 이야기가 나와 위기감을 느꼈다. 시즈호는 "이제는 지금 당장의 이야기야."라면서 얼굴을 찌푸렸다.

그래도 좋은 일도 있다. 미키는 아무래도 히로야와 종종 만나는 것 같다. 사귀는 사이인지는 잘 모르겠지만 좋은 분위기다.

가와모토는 관련 단체 인스타그램을 팔로우해서 때때로 이런 이벤트가 있다고 알려 준다.

그러다가 9월 네 번째 금요일에 시부야에서 기후 행동 계획이 있다는 걸 알았다. 다 같이 가기로 했다.

시즈호는 어린이 식당에서 이가라시 씨와 함께 제안해 콩고기를 쓴 육류를 써 보았다고 한다. 평은 그냥저냥이었다고 한다.

엘레나는 8월에 친척을 만나러 브라질에 다녀왔다. 브라질 상황을 조사하겠다고 했으니까 분명 오늘 토크 코너에서 말해 주겠지.

미팅 중에 이야기가 격렬해지면 소타가 적당하게 찬물을 뿌려주었다. 뜨거워지는 건 기후만으로 해 달라면서. 또 기후 변화와는 조금 다른 이야기지만, 아르바이트하는 편의점에서 할랄 음식을 취급한다는 것도 알려 주었다.

우리 멤버만이 아니다. 2학기가 시작하자마자 우리가 나누는 대화에 흥미를 보이는 친구들이 있었다. 그 친구는 "나 기대돼. 심각한 문제지만 전시 준비를 즐겁게 하는 모습이 보기 좋다고 생각했어."라고 말했다. 담임 선생님도 교무실에서 다른 선생님들에게 홍보하겠다고 했다.

문화제를 위해 조사하다가 한 가지 바람이 싹트고 점점 커졌다. "COP에 가보고 싶어."에서 "외국에서 공부하고 싶어."라는 마음으로. 내가 가고 싶은 곳은 영국이다. 기후 위기 실천을 알고 싶은 마음도 있고, 어학을 공부해 외국인과 의사소통할 수 있기를 바라고 다른 나라를 보고 싶은 마음이 강렬해졌다. 나는 어려서부터 품었던 꿈을 되찾았다!

마쓰카와고등학교에는 사쿠라기학원처럼 단기 유학제도는 없지만, 방법은 얼마든지 있다. 우선 내년 여름방학에 2, 3주간 홈스테이를 하며 영어를 배운다. 다음으로 대학생이 되면 1년이나 2년쯤 유학한다. 이런 일을 할 수 있는 내가 운 좋은 사람인 것을 잘 알고 있다. 그래도 지금은 부모님께 기대 나만을 위해서가 아니라 우리의 미래를 위해 뭔가 할 수 있는 사람이 되고 싶다. 그러기 위해 노력하고 싶다.

스마트폰이 진동했다. 료마가 라인 메시지를 보냈다.

정문에 도착했어.

지금 데리러 갈게, 하고 답을 보냈다.

료마와는 여름방학에 몇 번인가 만났다. 기후 위기와 관련 없는 영화도 같이 봤다. 그래도 정신 차리고 보면 우리 대화에는 기후 위기가 등장한다.

나는 앞으로 외국에서 공부하고 싶다는 마음을 아무에게도 말하지 않았다. 제일 먼저 료마에게 밝히기로 정했다. 이제부터 말할 생각이다.

"친구를 데리러 다녀올게."

시즈호에게 말하자 "친구 맞아?"라며 생글생글 웃었다.

료마는 정문 옆에 서서 하늘을 보고 있었다. 언젠가 봤던 저 모습, 역시 좋아한다. 료마가 고개를 돌리고 나를 알아보았다. 시선이 마주쳤다. 료마가 걷는다, 나를 향해서. 나도 달려가서 말했다.

"있잖아, 료마, 나는……."

주요 참고 문헌

- 《기후 위기》 야마모토 료이치 지음, 이와나미부클릿
- 《기후 붕괴 다음 세대와 함께 생각하다》 우사미 마코토 지음, 이와나미부클릿
- 《기후 위기를 쉽게 이해하는 책》 모리 아키라·모리타 마사미쓰 감수, 웨더맵 지음, 도쿄서적
- 《기후 변화에 맞서는 아이들 세계 젊은이 60명의 작문집》 악샷 래티 편집, 요시모리 요 번역, 오타출판
- 《기후 민주주의 다음 세대 정치가 움직이는 법》 미카미 나오유키 지음, 이와나미서점
- 《구니야 히로코와 생각하는 기후 위기와 탈탄소 사회 지구의 비명이 들리나요?》 구니야 히로코 감수, 분게당
- 《13세부터 환경 문제 '기후 정의'를 주장하기 시작한 젊은이들》 시바 레이 지음, 가모가와출판
- 《음식으로 배우는 세계사 사람과 자연을 무너뜨리지 않는 경제가 가능할까?》 히라가 미도리 지음, 이와나미주니어신서
- 《물가의 원더 세계를 여행하며 미래를 생각했다》 하시모토 준지, 분켄출판

참고 자료

- Climate Action Network Japan(CAN-Japan) https://www.can-japan.org/
- 일본 국립환경연구소 https://www.nies.go.jp/
- 일본 기상청 https://www.jma.go.jp/jma/index.html
- Fridays For Future Japan https://fridaysforfuture.jp/
- 그 외 〈비디오 뉴스〉, 〈폴리터스 TV〉 등 기후 변화 관련 방송을 참고했습니다.